御伽草纸

おとぎぞうし

[日]太宰治 著

董纾含 译

中国出版集团　现代出版社

图书在版编目（CIP）数据

御伽草纸 /（日）太宰治著；董纾含译. —北京：现代出版社，2023.4
ISBN 978-7-5231-0116-2

Ⅰ.①御… Ⅱ.①太…②董… Ⅲ.①短篇小说—小说集—日本—现代 Ⅳ.①I313.45

中国国家版本馆CIP数据核字（2023）第031915号

御伽草纸

作　　者：	［日］太宰治
译　　者：	董纾含
责任编辑：	申　晶
出版发行：	现代出版社
通信地址：	北京市安定门外安华里504号
邮政编码：	100011
电　　话：	010-64267325　64245264（兼传真）
网　　址：	www.1980xd.com
印　　刷：	固安兰星球彩色印刷有限公司

开　　本：	880mm×1230mm　1/32
印　　张：	7.5
字　　数：	124千字
版　　次：	2023年4月第1版
印　　次：	2023年4月第1次印刷
书　　号：	ISBN 978-7-5231-0116-2
定　　价：	49.80元

版权所有，翻印必究；未经许可，不得转载

目录

御伽草纸 …………………… 001

竹　青 …………………… 159

维庸之妻 …………………… 183

御伽草纸

序

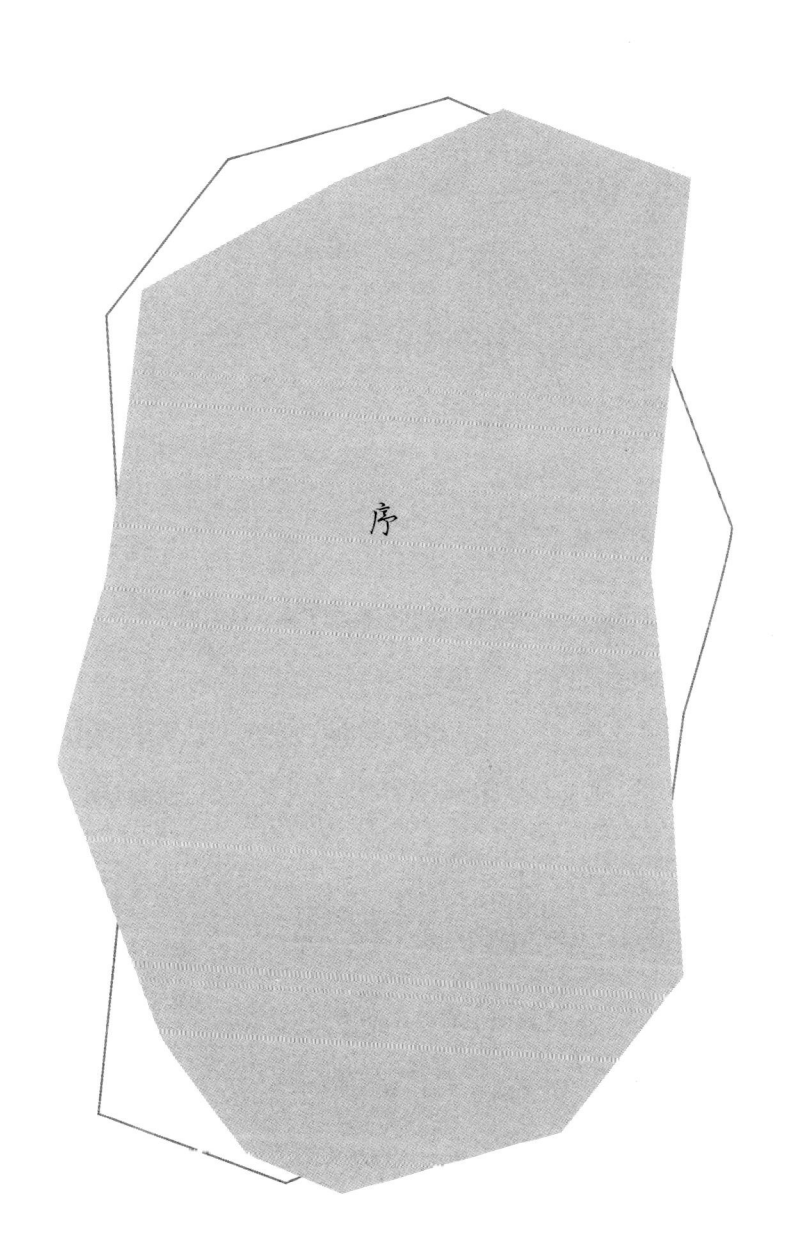

"啊,打响了。"

父亲说着,将笔搁在桌上,站起了身。就算拉响防空警报,他也一向岿然不动。可是每当高射炮的声音响起,父亲就会停下手头的工作,将防空头巾盖到五岁的女儿头上,抱着她躲进防空洞里。而此时母亲早已背着两岁的儿子蹲在防空洞深处了。

"听上去离我们很近啊。"

"是啊。不过,这防空洞可真憋屈呢。"

"是吗?"父亲似乎有些不情愿,"但是这个大小其实刚刚好呢。要是挖得太深了,就容易被活埋呀。"

"可是……只要再宽敞一点点就好了。"

"嗯，那倒是。不过现在土还冻得正结实，很难挖动。过一阵子再说吧。"父亲含糊其词地敷衍着母亲，让她别再念叨。同时竖起耳朵聆听广播中播放的空袭信息。

母亲的抱怨暂告一段落，这次又轮到五岁的女儿开始闹着要出去。遇到这种情况，能安抚孩子的唯一办法就是故事绘本了。父亲开始给孩子读起了故事：桃太郎、咔咻咔咻山、舌切雀、取瘤、浦岛太郎……

这父亲虽然衣衫褴褛，容貌愚笨，但他本人并非等闲之辈。他拥有一项奇异的法术，那就是创作故事。

很久　很久以前

他用十分滑稽而又特别的声音读起了绘本。可与此同时，他心中又在酝酿着另一个不同的故事。

取瘤

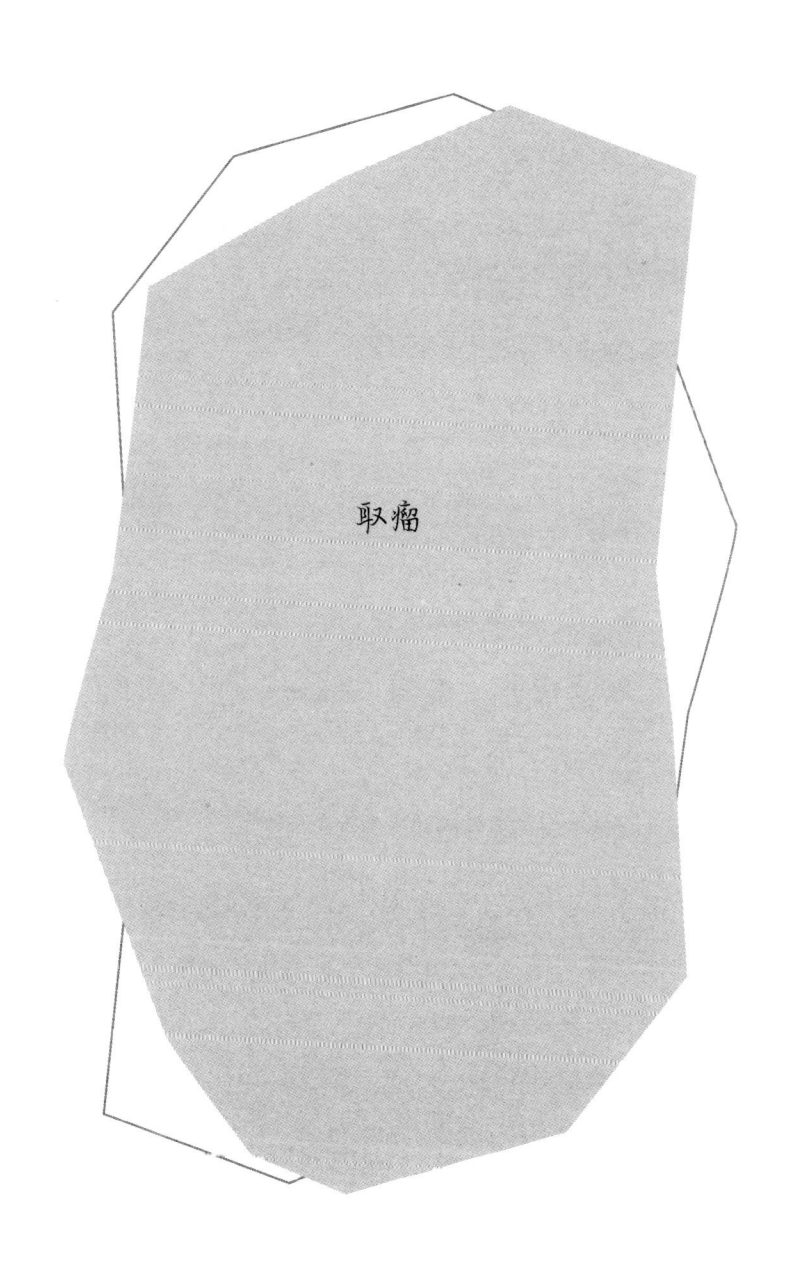

很久　很久以前

有一个　老爷爷

他的右脸颊　长着一枚　碍事的肉瘤

这个老爷爷就住在四国阿波的剑山山脚下。

但其实我也是随口说说，并没有真实考证过。这个取瘤的故事似乎原本出自《宇治拾遗物语》，但既然我们身在防空洞里，想要引经据典也不太可能了。不光是这个取瘤的故事，我接下来准备讲给你听的《浦岛太郎》也是一样。这个故事最早是完完整整地记录在《日本书纪》里的，而且《万叶集》里也有咏唱浦岛太郎的歌。此外，《丹后风土记》《本朝神仙传》里面，也记载着类似的故事。一直到最近，森鸥外还把这故事写成了戏，坪内逍遥貌似也将其改成了舞曲。总而言之，从能乐、歌舞伎，再到艺人的徒手舞，都有《浦岛太郎》的身影。我这人有个习惯，读过的书会马上送人或者卖掉，所以从以前起就没什么藏书。到了这时候，我就只能凭借模糊的记忆，拼命搜寻过去曾经读过的那些书了。可是，眼下就连这一点似乎也很难做到。毕竟我此刻正蹲在防空洞里嘛。而我的膝头，仅摊着一册小小的绘本。所以，我准备放弃去考证这些故事的来源，全靠自己的空想来展开讲述。不，其实，这样做说不定反而能讲出些活灵活现的有趣故事呢。以上这些，权当作一番不甘心又不服气的自问自答吧。总之，这位身为父亲的奇特人物说道："很久，很久以前……"

他身处防空洞的一隅，一边读着膝头的绘本，一边却又在心中将这故事描绘成了完全不同的样貌。

这个老爷爷非常爱喝酒。不过大部分酒鬼在家里都是孤独的。也不知是不是因为孤独才喝酒。或者是因为喝了酒，所以被家中其他成员嫌弃，于是自然而然变得孤独呢？我想，这大概就像拍手时想弄清楚哪一边才是发出响声的那只手掌一样，实属硬钻牛角尖了。总之呢，这个老爷爷在家待着的时候，总是一副很不自在的模样。话虽如此，这个老爷爷的家庭情况并不差，家里的老婆婆也仍健在。虽然年近七十岁，但是老婆婆既不驼背也不眼花。听说她过去还是个大美人。老婆婆从年轻时起就比较寡言少语，每天就是一心一意地忙碌家务。

"已经到春天了，樱花都开了。"老爷爷显得很兴奋。

"是吗？"老婆婆毫无兴致地答道，"我说，你让一下，我要打扫打扫这里。"

老爷爷的脸色又沉了下去。

这个老爷爷还有个儿子，已年近四十岁了。他这个儿子也是罕有的品行端正，烟酒不沾。而且始终一副不卑不亢的态度，默默地干着农活。附近的邻居们都很敬畏他，大家都称呼他是"阿波圣人"。他既不娶妻，也不剃须，简直让人怀疑他是不是草木砖石变的。总之，不得不承认，老爷爷的家庭真的非常美满。

可是，老爷爷总是感到很不自在。而且，他越是顾及家里人的感受,越是忍不住地想要喝酒。其实老婆婆和他们的圣人儿子见他喝酒,也并没有呵斥过他。老爷爷小口晚酌,他们两人就在一边安静地吃着饭。

"到了这时候,怎么说呢,"老爷爷喝得有点醉了,想找人说说话,于是他开始前言不搭后语地说道,"春天终于来了,燕子也飞过来了。"

在饭桌上说这些话显得很多余。

于是老婆婆和儿子也都没搭腔。

"所谓,春宵一刻值千金呀。"老爷爷又冒了一句没啥意义的话。

"多谢,我吃饱了。"阿波圣人吃完了饭,对着桌上的饭菜恭恭敬敬地行了一礼。

"那我差不多也该吃饭了。"老爷爷说道,有些悲伤地放下了酒朴。

在家喝酒,就总是出现这种状况。

有一天　　从早上起　　就是好天气

老爷爷　　准备　　去山里砍柴

老爷爷的最大乐趣，就是在一个好天气里，腰上挂个葫芦，爬上剑山去捡柴火。等到捡得差不多有些累了，他就爬到岩石上盘腿坐着，像煞有介事地清清嗓子，道：

"真是好风景呀。"

他一边说着，一边从腰上取下葫芦，开始喝酒。他看上去开心极了。简直和在家中时判若两人。不过有一点不会变，那就是他右脸颊上的大肉瘤。这颗肉瘤是在差不多二十年前，老爷爷刚过五十岁生日那年秋天长出来的。他先是感到右颊发热，然后是一阵刺痒，脸渐渐地肿了起来，用手一摸，那瘤竟变得老大。老爷爷无奈地笑笑：

"我这是生了个好孙儿呢。"

听他这么讲，他儿子阿波圣人一脸严肃地说了句扫兴话：

"不存在从脸颊生出孩子这种事。"

老婆婆也是一笑都不笑问他：

"不会有什么生命危险吧？"

不过她也只是那么一问，并未对那颗瘤子抱有任何关切之情。反而是邻居，纷纷对老爷爷表示同情，关切地问他"怎么会长了这样一颗瘤子呢？""痛不痛呀？""是不是很碍事呀？"一类。可是，老爷爷却笑着频频摇头。怎么会碍事呢？老爷爷现在真的当这颗瘤子是自己的可爱孙子了，甚至认为这瘤子是抚慰自己孤寂之心的唯一陪伴。每天早上起床洗脸的时候，他都会非常仔细地用清水认真清洗瘤子。像今天这样，老爷爷独自在山中开怀畅饮时，瘤子便更是他独一无二的谈话对象了。老爷爷盘着腿坐在岩石上，一边喝着葫芦里的酒，一边轻抚着脸颊上的瘤子道：

"怎么了呀？没什么好怕的，更不用客气。这世上所有人都该喝醉。就算是认真严肃，也得有个度啊。阿波圣人我可是敬而远之。恕我眼拙，他的确不是一般人。"

他就这样对着瘤子念叨着别人的坏话，然后又大声清清嗓子。

一瞬　天昏地暗

大风　猛烈吹拂

暴雨　倾盆而至

在春季突降暴雨，这光景实属罕见。但在剑山这样的高山之中，天象异变也算是时常发生的事了。雨落山中，群山便被蒸腾而起的白烟笼罩。野鸡、山鸟从四面八方飞起，如离弦之箭，为躲避大雨焦急地逃入山林。老爷爷却毫不慌张，他微笑着说：

"用雨水清凉一下我这颊边的肉瘤，也不错嘛。"

于是，他仍盘腿坐在山岩上，眺望着雨中的风景。但是雨势愈来愈猛烈，丝毫不见停歇——

"哎呀，这可真是……清凉过头，有些冷了。"说着，老爷爷便站起身，打了个大大的喷嚏。他赶紧收拾起柴火背到身上，偷偷摸摸地潜入林中。而林中呢，挤满了各种躲雨的鸟兽。

"你们好，抱歉，请稍微让一让。"

老爷爷乐呵呵地对猴子、兔子、斑鸠打着招呼，逐渐向丛林深处走去。他找到一棵巨大的山樱树，钻进了它根部宽绰的树洞。

"哎呀，这可是个不错的房间。怎么样？大家也都进来吧？"他招呼着兔子们，"这房间里既没有古板的老婆婆，也没有阿波圣人，大家不必多虑，快进来吧。"

老爷爷兴奋地手舞足蹈，不知不觉间，便发出细小的鼾声，睡着了。嗜酒的人总爱这样喝醉了瞎说话，但大多也就到这种程度，算不得犯了什么大错。

等呀　等呀　等暴雨停歇

老爷爷　或许是　太累了

不知何时　他沉沉睡去

山野放晴　万里无云

一轮朗月　挂于澄空

这月亮，正是春日夜晚的一弯下弦月。它飘浮在如水般澄澈的浅葱色夜空中，树林中的月影一如松针般，飘落了满山。然而老爷爷却仍旧熟睡着。当蝙蝠拍着翅膀从树洞中飞了出去，老爷爷才突然醒过来。竟是晚上了！他大吃一惊：

"哎呀！坏了坏了！"

自家老婆婆和圣人那两张严肃的脸立即浮现在眼前。啊，这下完蛋了。他们俩至今还从未责骂过我，但是我这么晚才回家，也太尴尬了。嘻，酒也喝完了吗？老爷爷摇了摇葫芦，从葫芦底传来一丝微弱的咕咚声。

"这不是还有嘛！"老爷爷顿时来了劲，提起葫芦喝得一滴不剩了。他醉得意识蒙眬，又开始叨念着"哎呀，月亮升起来了，这真是，春宵一刻——"一类的无聊话。从树洞里爬了出来。

  哎呀　这是怎么回事　为何如此吵闹

  走近一看　不可思议呀　是在梦中吗

看呀，就在这林子深处的一片草地上，一幅仿佛不存在于这世界上的离奇景象出现在眼前。鬼究竟是什么样子，我不知道，因为我并没见过。虽然小时候曾经看过很多关于鬼的绘画，看得都烦了，但至今我仍未获良机一睹其真容。鬼呢，貌似也分很多种类。有杀人鬼、吸血鬼等令人憎恶的类别，他们属于那种性格丑恶的生物。不过同时呢，我们也会在报刊的新书导览栏里看到"文坛鬼才某某老师之杰作"一类的说法。这就搞得人有些迷惑了，该不会，这个某某老师拥有鬼一般丑恶才能的真相被曝光了，报刊为了警告世人，所以才会在导览栏里用"鬼才"一类奇特诡异的词汇吧。更有甚者，还有些形容，直接用了"文学之鬼"一类毫无礼貌可言的措辞来吹捧某某老师。做得这么过分，本以为这个某某老师会非常生气，然而情况却并非如此。这位老师就算知道自己得了个极度失礼的丑恶绰号，但却也并不讨厌这绰号似的，甚至有传言说，他本人还默许了这一绰号的流传。愚钝如我，可真是一头雾水了。那种穿着虎皮兜裆布，手里举着个丑陋棒槌的红脸鬼，能和诸多艺术之神同义替换吗？我实在想象不出来。总而言之呢，不论是鬼才还是文学之鬼，这种难以理解的用词，还是不用为好吧。不过，我之所以有此愚见，或许也是因为见识狭窄。或许鬼的种类非常多。其实，这时候搬出一本日本百科词典稍微一翻，我就能摇身一变，成为老幼妇孺所尊敬的博学之士了（其实世间所谓博学之人，大抵都是如此）。然后我就可以一脸严谨地展开讲述，把与鬼有关的细节千丝万缕地铺陈开来。可不巧的是，此时的我正蹲在防空洞里，膝头摊着一本孩子读的绘本。我只能通过这绘本上的图画下结论了。

看呀，就在林子深处，稍微有些宽绰的草地上，正围坐着十几个奇形怪状的人，或者说，是十几匹生物吧。他们都穿着虎皮兜裆布，皮肤通红，身形壮硕。此刻正在月下享受晚宴。

老爷爷一开始有吃惊，但是嗜酒的人呢，就算他们没喝酒的时候毫无干劲，可一旦喝醉了，却又胆大超人。老爷爷此刻正是微醺的状态，也就是说，他现在是个勇士，既不害怕严肃的老婆婆，也不畏惧品行端正的圣人。所以，他看到眼前这异常的一幕时，也并没显出吓瘫在地的丑态。他维持着爬出树洞的姿势，仔细观察着眼前这一场怪异的酒宴。

"他们看上去喝得真痛快，都喝醉了呀。"老爷爷喃喃道。紧接着，一种奇妙的喜悦之情从他心底里涌现出来。

一个嗜酒的人看到别人喝醉了,似乎也会十分开心。可以说,嗜酒者并不是利己主义者吧。或许,他们心中都怀着一颗博爱的心,愿意为邻家的幸福举杯庆祝呢。他们自己自然是愿意喝醉的,如果邻居也能与其同醉,那这喜悦可就要加倍再加倍了。其实,老爷爷心里是清楚的,他的直觉告诉他,眼前这一帮非人非兽的赤红色巨大生物,就来自鬼这种可怕的种族。单凭那条虎皮兜裆布也能猜到了。但是,这些鬼现在都醉得很欢,老爷爷也醉着。这就使他们彼此产生了一种亲近感。老爷爷就这么保持着四肢着地的动作,仍眺望着这场月下的酒宴。虽说是鬼,可眼前这些鬼却并非杀人鬼、吸血鬼那一类性格奸佞邪恶的种族。他们虽面庞赤红,有些令人畏惧,但在老爷爷眼中,他们看上去既开朗又天真。老爷爷的这一判断基本算是正确的。这些鬼可以称得上是剑山的隐士,他们的性格十分温和,与地狱里的恶鬼完全不是同一种类。主要是,他们手上也没拿着那种吓人的大棒槌。这也相应证明了,他们其实并无害人之心。不过,虽说是"隐士",他们也不似竹林贤者一般,因知识过于丰沛而无处发散才隐遁于竹林中的。眼前这些"剑山隐士"的内心都极为愚钝。我曾听闻,因为"仙"这个字是一个人字旁再加一个山,所以人们才称心无挂碍、隐遁于大山深处的人为"仙人"。这说法可谓解释得相当明了了。那么假设要按照这一说法来看，不管这剑山里的隐士内心多么愚钝，仍要尊称他们为"仙"。总而言之，与其称呼此刻在月下享受宴席的这一群红色巨怪为鬼，倒不如称他们为"隐士"或"仙人"更为妥当。不过前面已经讲过，他们的内心十分愚钝，在酒宴上也只会发出一些毫无意义的怪叫，或者拍着膝盖大笑，又或者站起身胡乱蹦跶。他们还将自己巨大的身躯蜷成一团，在围成一圈的同伴中间滚来滚去，从这头滚到那头。他们大概就当这样是在跳舞了吧。智商如此低下，才艺更是一丁点都没有。单凭这一点，那些鬼才、文学之鬼一类的形容就可以说是毫无根据了。如此愚蠢又无一星半点艺能可言的生物，难道还能说他们是艺术之神吗？这我可真是无法苟同。老爷爷也是一样，他望着眼前种种笨拙的舞蹈，独自嗤笑起来。

"天呀，这跳得也太差劲了。不如我来给他们表演一段徒手舞吧。"他小声嘀咕。

　　老爷爷　非常　爱跳舞

　于是他　立即蹦出来　跳起舞

大肉瘤　在颊边　晃晃悠悠

　　实在是　又滑稽　又好笑呀

老爷爷因为喝得微醺，胆子很大。而且，他还对这些鬼感到十分亲切。于是，他便毫无恐惧地跳进了那一圈鬼之间，开始跳起了自己最擅长的阿波舞，并且用一把好嗓子唱起了阿波的民谣：

　　小姑娘梳岛田髻，老婆婆呀戴假发

　　对那条红挂带着迷　那也是情有可原呀

　　新娘也戴上斗笠吧　来呀来呀

这些鬼似乎也非常高兴，不断发出"喳喳喳""嘎啦嘎啦"的奇妙叫声，又是流口水，又是掉眼泪，笑得直打滚。

　　过了大谷呀，便是无尽的山石

过了笹山呢，又是无尽的细竹

　老爷爷的兴致更足了，他提高了嗓音，边唱边优雅地跳着舞。

　　这些鬼　简直　高兴极了

　　请他月夜时　一定　要再来

　　为了这约定　还要有　凭证

　　那就先把　最重要的东西　交给我们吧

　于是，这几个鬼凑到一起小声商量了起来。他们都觉得老爷爷脸颊上的那颗肉瘤又大又光亮，看上去像是个非同寻常的宝物。要是把这肉瘤先扣下了，这老头一定会遵守约定再来的。他们就这样愚蠢地揣度了一番后，手疾眼快地一下摘走了肉瘤。这些鬼虽然愚蠢，但或许是因为在山中居住已久，掌握了什么仙术吧，竟毫不费力且不留痕迹地把瘤子拿了下来。

老爷爷大吃一惊：

"哎呀，这可如何是好，那是我的孙子呢！"听到他这样说，鬼们更加得意地发出欢呼声。

　　天亮了　露水　闪耀在路旁

　　老爷爷　颊上的肉瘤　被取走

　　变成　平平无奇的　一张脸

　　于是他　就这样　从山中归来

对于一直孤孤单单的老爷爷来说，这肉瘤可是他唯一的谈话对象。瘤子被取走了，老爷爷还觉得有些孤单。不过，没有负担的脸颊被清晨的微风一抚，感觉也挺不错的。这最终算是无得无失，两两相抵了吧。而且自己也很久没有歌唱舞蹈得如此畅快了，这也算是有所得了吧？他就这样不紧不慢地想着，走出了山林，中途还遇到了正要去下地干活的儿子阿波圣人。

"早上好。"阿波圣人取下头巾，十分庄重地对着他请了个早安。

"哟。"老爷爷光顾着慌张,不知怎么应答,二人就这样擦身而过了。

其实,儿子也发现老爷爷脸上的瘤子一夜之间突然消失了。但他可是"圣人"呢,虽然心里吃了一惊,可是一想到谈论父母容貌这种做法有悖圣贤之道,于是他假装没注意,默默地离开了。

老爷爷回到家后,老婆婆也说:

"您回来了。"她语气十分平静,也并未询问老爷爷前一晚究竟跑哪儿去了。只是小声念了一句"味噌汤已经凉了……"然后就开始为老爷爷备齐了早饭。

"哎呀,凉的也好嘛。不用特意去热。"老爷爷如履薄冰、小心翼翼地坐到饭桌前。他一边吃着老婆婆端上来的饭菜,一边心痒得不得了,真想快些把前一晚的奇遇告诉她。可是,他又被老婆婆的威严态度镇住,想说的话如鲠在喉,一个字都吐不出来。他只好低垂着头,恭恭敬敬地嚼着早饭。

"你脸上的瘤子好像萎缩了。"老婆婆突然来了这么一句。

"嗯。"老爷爷此刻已经什么都不想说了。

"是瘤子破了,里面的水都漏光了吧。"老婆婆假装满不在乎地问。

"嗯。"

"之后水还会蓄起来,瘤子就又该肿成之前那样了吧?"

"可能吧。"

直到最后,瘤子消失这件事都未被老爷爷家里的人放在心上。

不过,老爷爷家附近,还住着一个老先生,他左脸颊上也生着一颗恼人的瘤子。这位老先生是打心眼儿里厌恶自己左颊上的这颗肉瘤。他觉得就是这颗瘤子阻碍他出人头地,就是因为这颗瘤子,自己受尽了世人的嘲讽。他每天都要对着镜子照上好多遍,长吁短叹。他蓄起了长长的络腮胡,试图遮挡住脸上的肉瘤。可悲的是,肉瘤仍旧会从一片白花花的胡子中探出头来,宛如一轮旭日冉冉从翻涌着白浪的海面升起,俨然一幅天下奇观。其实这位老先生的人品秉性非常完美:仪表堂堂,生着大鼻子,眼光十分锐利;语言动作十分稳重,思维方式也十分缜密且谨慎，就连衣着打扮也是非常讲究的。还有，听说他还十分有学问，就连身家财产，也要比那个嗜酒的老爷爷多得多。所以，他附近的邻居们都很尊敬他，并且尊称他是"老爷"或者"先生"。从任何一个角度来看，他都是一位相当优秀的人物。可偏偏他左脸颊上生了个碍事的肉瘤。于是这位老先生便日夜郁郁寡欢。这个老先生的太太非常年轻，只有三十六岁。虽然不是绝色美人，但是肤色白皙，身材丰满。她性格略显轻佻，总爱朗声大笑，十分活泼。他们有一个十二三岁的女儿，出落得十分美丽，只不过有些任性。但这个母亲和女儿倒是意气相投，两个人总是聚在一块儿嘻嘻哈哈。也正因如此，尽管家中的男主人总是一脸忧愁烦闷，可是整个家庭还是给人一种十分明朗的印象。

"妈妈，你说爸爸脸上的肉瘤为什么那么红呢？看着像个章鱼的头。"任性的女儿口无遮拦地说出了自己的感想。母亲也不斥责她，反倒哈哈大笑起来：

"是呀，但依我看哪，也像是个木鱼吊在了脸蛋上呢。"

"你们住口！"老先生发起火，瞪了妻子一眼，腾地站起身，躲到昏暗的内室去了。他又照了照镜子，绝望地喃喃：

"这样下去不行啊。"

不然干脆拿小刀切掉瘤子吧,就算死也甘愿了。他正这么盘算的当口儿,忽然听闻隔壁那个酒鬼老爷爷的瘤子最近突然消失了。于是,他乘着夜色偷偷地去拜访了嗜酒老爷爷的茅草屋,并听说了那场在月下举办的奇异宴会。

　　老先生　听说后　高兴极了

　　好哇好哇　那我也要　去看看

　　一定得让　他们摘下　我这瘤子

老先生鼓起勇气,决定进山。幸运的是,当天晚上就有朗月当空。他宛如出征的武士一般,目光炯炯,紧抿住嘴巴,准备在当晚漂漂亮亮地舞上一曲,让全场的鬼怪都心悦诚服。万一不服,他就用手中的这把铁扇子把他们都拍死。不就是一群爱喝酒的傻鬼吗?有什么好怕的!

也搞不清这位老先生是去给人家跳舞的,还是跑去驱鬼的,总之,他右手斗志昂扬地拿着一把铁扇,威风八面地走入剑山深处。

其实，像这种一开始便对自己的表演带着浓厚的"杰作意识"的做法，往往很难得偿所愿。这位老先生的舞蹈便是如此。他实在是太把自己的表演当回事了，最终只有惨败收场。当晚，老先生谨慎而又严肃地抬脚踏入鬼怪们的酒宴之中。

"在下献丑了。"

他打了这样一声招呼，"唰啦"一声展开了铁扇子，威严地仰头望月，宛如参天大树一般，凝神不动。过了一会儿，他轻轻踏步，开始缓缓吟唱起来：

在下乃是阿波鸣门夏日修行之僧人，得知此处乃是平家一族灭门之地，在下痛心不已，遂每夜于此海滨诵经超度。海畔岩山，石上生松，石上生松，何人泛舟白波上，唯有鸣门闻桨声。此夜岸旁静谧，此夜岸旁静谧。昨日已逝，今日遂尽，明日将临。

吟罢，他微微一动，又立即摆出一副仰头望月、岿然不动的模样。

    鬼怪们　大伤脑筋

    接二连三　站起身

    逃进山窝

"等等！"老先生悲痛地大喊着，追在众鬼身后，"你们现在不能逃啊！不能就这么逃掉啊！"

"快跑！快跑！他说不定是钟馗呀！"

"不是的！我不是钟馗！"老先生拼了命地追赶，"求求你们了！求你们把我的瘤子、把我的瘤子拿走吧。"

"啥？瘤子？"鬼们惊慌失措，听岔了话。"原来如此呀，那个是上次来的老爷爷留下的珍贵宝物欸。不过，你要是真那么想要的话，就送你吧！反正不要再跳那舞就好。我们好不容易喝得正酣，这会儿酒都卟醒了。求你了，放过我们吧。我们现在只能去别的地儿续荐了。拜托！真的拜托你，别再跟着我们了。喂！谁来把上次拿走的那个瘤子给这个怪家伙吧。他好像特别想要。"

鬼怪们　把上次拿走的

那枚瘤子　粘到了　老先生的　右脸颊

哎呀哎呀　这么一来　瘤子成了俩

摇摇晃晃　可真沉呀

老先生　羞耻难当

就这样　回到了家

这可真是个令人感到惋惜的结局。很多传说故事的结局都是恶有恶报，可是，这个故事中的老先生并没做什么坏事。他只是因为太过紧张，舞跳得有些奇奇怪怪罢了。而且，老先生家里的人，也都不是什么坏人。还有那个爱喝酒的老爷爷，他的家人也不坏。包括住在剑山的鬼怪，其实也并没做过任何坏事呢。也就是说，在这个故事中，没有任何一件"不对"的事发生，可还是有人遭遇了不幸。正因如此，若说要从取瘤的故事提取出一些对日常伦理的教育劝诫，那还真是很难办了。话说到这儿，或许有些急脾气的读者要质问我："那你为什么还要写这样一篇故事让我们读呢？"

面对质问，我只能如此回答："这就是性格造成的悲喜剧，它也是始终流淌在我们生活深处的根本问题。"

浦島太郎

浦岛太郎其人，曾真的生活在丹后的水江一带。丹后位于京都府的北部地区。据说，在北海岸的某个贫穷的村落之中，如今仍有供奉浦岛太郎的神社。我虽然未曾去过那边，但是据传闻，那儿是一片极为荒凉的海滩。我们的主人公浦岛太郎就住在那里。当然，他不是孤身一人，他还有父亲母亲，也有弟弟妹妹。此外，还有一大批仆人。也就是说呢，他是这地方非常有名的一户世家的长子。古往今来，世家长子这类人都有些相似的特征。也可以说是一些相同的嗜好。这嗜好嘛，说得好听些就是醉心风雅，难听些就是贪图享乐。不过，就算是贪图享乐，也和那种贪恋女色、花天酒地的所谓放荡生活并不相同。大部分品性顽劣，沉溺酒池肉林，易被恶女吸引，给自己的亲兄弟脸上抹黑的放荡之人，往往都是一家之中的二儿子或三儿子。一家的长子一般没有这么野蛮的心性。这也是所谓老祖宗留下的"恒产",使他们萌生出了"恒心"吧。所以长子一般都是礼仪周正的。可以说,所谓长子的"贪图享乐",和二儿子、三儿子的那种吃喝嫖赌的行为不同,他们只会稍作短暂的游乐。倘若还能凭借这游乐获得认可,被人评价是拥有与世家长子相匹配的"风雅"嗜好,那他们就更会陶醉于自己对生活的好品位之中,从而对事事都展现出一种心满意足的态度了。

"哥哥一点冒险心都没有,这可不好呀,"太郎年仅十六岁的妹妹说,他这个妹妹天生一副假小子模样,"看上去太小气了。"

"不不,你错了,"太郎十八岁的弟弟反驳道,他这个弟弟生性野蛮,皮肤黝黑,是个丑男,"哥哥人太好了,有点好过头了。"

听到弟弟妹妹如此耿直地评论自己,浦岛太郎也没生气,只是苦笑道:

"让好奇心爆发出来是一种冒险,可是,抑制好奇心,这也是一种冒险。这两种做法都很危险。人呀,是要看命的。"不知怎的,他仿佛参透了人生一般,说了这么一番话。然后又背着手独自走出了家门,到海滩边闲逛起来。

茭白

凌乱处

如见

海人舟

他口中吟诵着一些貌似风雅的诗句片段。

"人活着为什么要互相批评呢？"他气派十足地摇摇头，思考着这个简单的问题："沙滨上盛开的胡枝子，乱爬的小螃蟹，还有在入海口休憩的鸿雁，它们都不会来批评我呀。人不是也应如此吗？每个人都应该拥有自己的活法。为什么人就不能互相尊重一下彼此的活法呢？我明明努力让自己活得更有品位，也从不会给别人添麻烦，可还是会被人指指点点。真是烦恼啊。"说到这儿，浦岛太郎轻轻地叹了叹气。

"喂！喂！浦岛公子。"正当这时，脚边传来细微的声音。

原来是那只获救的龟。

其实，我绝非想炫耀自己博识，不过龟这种生物也分很多种类，有的栖息在淡水中，有的则栖息于咸水。而且不同种类的龟，体形也各不相同。那种懒洋洋趴在供奉弁财天的寺院池塘边上，晒着自己龟壳的，应该属于日本水龟。但有时候绘本里面画着浦岛太郎乘在龟背上，手搭凉棚远眺龙宫的图，那上面的龟就被画成了日本水龟。其实，这种龟爬到海里喝了咸水立刻就会毙命的。然而在举办喜庆仪式时准备的蓬莱山盆景上，一般除了蓬莱山，还会在长寿老人的两边点缀上仙鹤和神龟。寓意"鹤寿千年，龟寿万年"，非常吉祥。不过这种盆景里的龟在造型上也更接近水龟，似乎很少见到用甲鱼和玳瑁的。就是因为这样，绘制绘本的人才下意识地（毕竟蓬莱与龙宫都是类似的地方）把浦岛太郎的引路龟也画成水龟了吧。但不管怎么说，想到水龟要用那样四只丑丑的、生着爪子的龟腿划着水游向海底深处，还是感觉有些不太自然。这个细节上，最好还是改成玳瑁那宽阔宛如鳍一般的脚掌，悠闲而又优雅地划着水，才比较好吧。不过，这样就又有新的问题了。当然，我绝不是在炫耀自己的博识。可是据说玳瑁的产地仅限于本国的小笠原、琉球，以及中国台湾等南部海域。所以很遗憾，在丹后的北海岸，也就是日本海一侧的海边是不可能爬来一只玳瑁的。我也曾考虑过，就干脆把浦岛太郎设定成是出生于小笠原或琉球算了，可是浦岛太郎自古以来都被大家认定是丹后水江人了，甚至如今在这地方还残留有一座浦岛神社呢，就算传说故事是编撰的，也得以尊重本国的历史为前提，不能轻易就扯谎呀。如此一来，只能麻烦来自小笠原和琉球的玳瑁千里迢迢跑来日本海这边上岸了。但这样一来，估计又会有些生物学家抗议："这是胡说八道！"还会顺带摆出"搞文学的就是缺乏科学精神"一类的歧视态度。我可不想遭受这样的无端嘲讽。于是，我又开始思索起来，除了玳瑁，是不是还有掌为鳍状，生活在咸水之中的龟呢？红海龟算不算呢？大概十年前（我也算上年纪了呀），我曾在沼津的海边度过了一个夏天。一日，听闻渔夫吵嚷着说，海边逮到一只龟壳直径达五尺的大海龟，我当时也亲眼看到了那只海龟，记得那龟叫"红海龟"。成了！就选它了！既然它能爬上沼津的海岸，那再绕着日本海游上一圈，改到丹后的沙滩登陆，倒也不会惹恼生物学家了。要是他们又开始叨叨些洋流方向一类的，我就当没听见。我就坚称："在本不该出现的地方出现，这是多么的不可思议，这也意味着这只龟并不是什么普通的海龟了，对吧？"本来嘛，科学精神这种东西也没有多可靠吧？什么定理、公理，不也都是假设的吗？搞得那么飞扬跋扈可不好哦。

这只红海龟（"红海龟"这个名字有点长，太绕口了，后文就省略为海龟吧）伸长了脖子抬头望着浦岛太郎道：

"喂！喂！浦岛公子说的，我也能懂。"

浦岛大为震惊：

"哦！原来是你！你不是我前一阵子刚救下来的那只海龟吗？怎么还在这地方乱晃呢？"

当时浦岛太郎正看到有几个小孩在玩弄一只海龟，他心生恻隐，于是将龟买下，放生到了海里。此时站在他脚边的就是这只龟了。

"怎么能说我在乱晃呢？您这样不留情面，我可要记恨您的，少爷。别看我这副样子，我可是想要为您报恩，才从那天起一直没日没夜地跑来这沙滩上等着您呢。"

"哎呀，你这样可太大意了。怎么能这么莽撞呢！要是再被那些小孩抓到了怎么办？可能就没法活着回到海里了哦。"

"您对我摆架子也没用！我有心理准备，倘若又被逮了，那就再让少爷把我买回去就好嘛。我这么大意，真是抱歉呢。可是无论如何，我都想要再见少爷一面。我这样的渴望，就是对您的爱慕之情吧。请您接纳我的这番心意。"

浦岛苦笑着，小声嘀咕：

"可真是个任性的家伙。"

海龟听了便反驳道：

"怎么？少爷，您这样讲可就自相矛盾了哦。您明明才说了，不喜欢受到批评的。结果说起我来就又是大意又是莽撞，还说我任性。这不全是批评吗？我看少爷您才是任性呢。我有我的活法，请您尊重我的活法。"海龟反击得十分漂亮。

浦岛太郎被说得面红耳赤。

"我不是在批评，我这是……训诫。或者说，是讽谏。讽谏，可是忠言逆耳利于行的呢。"他努力用大道理掩饰自己的失言。

"你要不这么爱摆架子，其实还算是个好人呢。"海龟小声道，"好吧，我什么都不说了。总之，请您坐到我的龟壳上来吧。"

浦岛惊呆了。

"你,你在说什么?我可做不来这么粗野的事。坐到海龟的壳上?这也太粗鲁了,和风雅丝毫不沾边啊。"

"有什么关系呀。我是要感谢您前一阵子的帮助,所以准备带着您去龙宫转转呢。来吧,快坐上来吧。"

"什么?龙宫?"浦岛忍不住笑出来,"快别开玩笑了,你是喝酒喝醉了吗?说这些胡话!龙宫虽然自古就被写进歌曲和神仙故事里,流传至今,但是它在这世上根本不存在呀。喂,你明白了吗?那只是自古以来我们这些风雅之人做的美梦罢了。仅此而已。"浦岛太郎这番话说得太过高雅,甚至显得有些矫揉造作了。

这次轮到海龟忍俊不禁了。

"真受不了!您这一番风雅的长篇大论,还是回头再慢慢说吧。总之,请您先相信我的话,坐到我背上吧。我看,您就是因为没体验过冒险,所以才不够胆量呢。"

"怎么?你竟然也和我妹妹一样,说话如此没礼貌。我这个人呢,并不喜欢冒险。我觉得冒险就和耍杂技差不多,看上去很热闹,但其实很低俗,或许也可以称作邪门歪道吧。这种东西完全没有对宿命的观察和参悟。从传统角度来看，也毫无教养，可以说是一种无知者无畏的行为吧。像我这样正统的风雅之士，看到这种行为只会感到厌恶，甚至是轻蔑。我想要遵循前人开创的稳健之路，笔直前行。"

"嘁！"海龟再次笑喷，"您说要走先人之路，那才是一种冒险吧！哦，用冒险这个词似乎有些不合适，它总给人一种血腥残酷的感觉，还容易让人联想到一些不讲卫生的地痞恶棍。那么就改成'信念的力量'吧，如何？只有相信在那山谷对面开满了美丽花朵的人，才会毫不犹豫地紧抓藤蔓，爬到对面去呢。面对这种行为，人们会将其当作杂技，或是喝彩，或是认为这属于哗众取宠，于是态度轻蔑。可是，这种行为绝对不同于杂耍师在走钢丝。攀着藤蔓越过山谷的人，眼中只有对岸的鲜花。他丝毫没有意识到自己正在进行一场冒险的那种庸俗的虚荣心。什么叫因冒险而感到自满？这说法太傻了，那是信念的力量。那个人坚信山谷中正盛放着花朵。他的选择，只是姑且被冠以冒险之名而已。说您没有冒险心，指的是您身上并不具备'信念的力量'。信念真的很低俗吗？真的是邪门歪道吗？我倒是觉得，像您这样毫无信念感，还沾沾自喜的绅士，才真让人感到棘手呢。您这种禀性可说不上聪明，反而是很卑劣的，是一种'吝啬'。这就意味着您脑子里净想着自己不能吃亏。请您放心，并没人要占您的便宜。因为您这样的人根本无法耿直地接受他人的真心，只会烦恼于之后还要回报这件事吧。呵，风流之士呀，可都是些不体面的小心眼呢。"

"你说得也太过分了！我刚被弟弟妹妹说了一通，于是走到这海滩上散步。结果又被亲手救下的一只海龟用同样的无礼说辞批评了一顿。看来，对自身传统毫无自豪感的人，就很容易信口开河，这也算得上是一种自甘堕落吧？其实我都懂。虽然这话我不该说，但是我的命运和你们的命运，两者之间可是有极大的阶级差距的。而且从出生起就是如此。这可不是我的错哦，这是上天赋予我们的。但是，你们却总是对此耿耿于怀。总是说这说那，惦记着要将我的命运拉低到你们的那种水准。可是，老天的安排哪能那么容易通过人为来改变呢？你大吹大擂，说要带我去什么龙宫游玩，其实是企图和我平起平坐吧？算了算了，我都明白得很。劝你别再瞎忙活了，早些潜回你的水底老巢吧。真是的，我难得救了你，要是你再被小孩子抓去了，不就前功尽弃了吗？我看你才是不懂得接受他人的真心吧。"

"嘿嘿嘿。"海龟无畏地笑起来，"难得救了我——这话可说得我万分惶恐喽。所以嘛，我才讨厌绅士。他们总以为自己对他人的那点施舍是什么了不得的美德，明明心底里期待着对方的报恩，可是别人一旦要真心回报，他们反倒又开始谨慎起来，想着'可不能让对方和自己平起平坐呢'。我倒要说了，您之所以救了我，不就是因为我是只海龟，您的对手是一帮小孩子嘛。介入孩子和海龟的斗争中，也不会给您带来什么后顾之忧。而且，对于小孩子来说，五文钱算是笔大数目了。但是吧……您竟然只出了五文。我还以为您能再多出点儿呢，您可真是抠门到让我没话说了。一想到我这么一只龟，就值五文钱，我顿时觉得自己又可怜又可悲。但无论如何，当时面对海龟和小孩，您还是掏了五文钱解决了这件事的。您这样做，只能算是心血来潮吧。但倘若当时您面对的不是小孩和海龟……就比如，是凶暴的渔夫正在欺负一个病弱的乞丐，那我猜别说五文了，您怕是一文钱都不会掏的，只会皱着眉头速速离开吧。你们这些人一看到真实的人生景象总感到厌恶，因为你们自诩命运高贵，总觉得看到这些就仿佛好运被泼了屎尿一样晦气。你们的所谓

'真心'，只是游戏，是享乐。因为是海龟，就伸手相救。因为是小孩子，所以才肯给点钱。倘若是凶暴的渔夫和病弱的乞丐，你们自会避之唯恐不及。因为你们根本不想被现实生活那腥臭的味道吹到。你们讨厌双手染污。总之呢，我说的也都是我听到的。浦岛公子，您不会生气吧？因为，我可是非常爱慕您的哦。嗯？真的生气了？像您这般生来命运高贵的名流，被我这种下贱生物所爱慕，大概会觉得名誉尽失吧。所以和您相处才是如此的棘手。加之，我只是个海龟呀。被海龟喜欢，怪恶心的吧？不过，还请您原谅我吧，毕竟喜恶之情没什么道理可讲。我也不是因为被您救了才喜欢您的，更不是因为您是什么风雅人士所以喜欢您的。我就是对您一见钟情了而已。正因为喜欢您，我才讲了您那么多坏话，是因为忍不住想逗弄您一下。这也是我们这些爬虫类表达爱意的一种习性。毕竟我是爬虫类，和蛇血缘很近。所以得不到信任，这也正常吧。我并非伊甸园里的那条蛇，不是我夸口，我可是一只日本的海龟。我想要带您去龙宫游玩，绝不是企图引您堕落。请您不要如此擅自揣测。我只是想和您一道去龙宫游玩，仅此而已。在龙宫，从来都听不到恼人的批评，大家都过着安逸平静的日子。所以我才觉得那儿很适合游玩。我既能够登上陆地，也能够潜入水底，我在人间和龙宫这两个地方生活,所以能够做出比较。我认为陆地的生活比较烦恼,人们互相之间的批评也太多了。陆地生活的全部内容,不是说别人坏话,就是吹嘘自己,真是烦死了。我因为三不五时爬上陆地,多少也受陆地生活的影响,于是才会像刚才那样,也学会了批评。我知道自己受到了极为恶劣的影响,可是这忍不住批评他人的习惯却总也戒不掉,甚至让我觉得在未被批评的风习所侵染的龙宫城里生活,有些太过无聊了。这可以说是恶习难戒,也可以说是一种'文明病'吧。现在的我,已然不知道自己究竟算是海里的鱼,还是陆地的虫了。比如说吧,像蝙蝠,不就搞不清自己算鸟类还是兽类吗?我真是可悲呀。现在我在海底也算是异类了,变得越来越难在故乡龙宫城生活。不过呢,去龙宫游玩真的是不错的选择,唯有这一点我敢打包票。相信我吧!那是个日夜歌舞升平,满是佳肴美馔的地方。像您这样的风流人士,真的太适合去那儿了。刚刚您不停念叨着,讨厌批评,龙宫可是个没有批评的国度哦。"

海龟突然滔滔不绝说了这么一大段话,可把浦岛太郎惊得目瞪口呆。不过它最后一句话着实引起了他的兴趣。

"真的吗?真有那样的地方吗?"

"咦？您还不信吗？我可是从来不会撒谎的。您为什么就不肯相信我呢？我可要生气了。您就是这样一个从来不肯行动，只愿意嘴上叹气的所谓风雅之士吗？真是令人不快。"

就算是浦岛太郎这般性情温厚之人，被海龟劈头盖脸骂到这个地步，也确实没办法就这么放弃了。

"那好吧。"浦岛太郎苦笑道，"那我就恭敬不如从命，坐到你背上试试看吧。"

"您这话说得简直让我窝火！"海龟认真地生起气来，"什么叫坐到背上'试试看'？坐到背上，和坐上试试看，结果不是一回事吗？心存疑虑，尝试着向右拐，和坚定信念，决心向右拐，最终都会迎来同样的命运呀。不管您怎么想，也都没有退路了。选择'试试看'的那一瞬间，您的命运就已经被安排好了。人生不存在什么'试试'。所以尝试去做和做了，是一样的。你们这些人啊，真是难缠，总满心以为自己能走回头路呢。"

"好啦好啦，我知道了。那我就坚定信念，坐到你背上吧！"

"好嘞。"

浦岛太郎刚一坐到龟壳上，龟背就突然扩展身体到了两张榻榻米那么大。海龟悠然向大海爬去，等到游出了大概一百来米后，海龟又语气严肃地吩咐："把眼睛闭上。"浦岛太郎乖乖闭上了眼，紧接着便听到宛如雷鸣般的声音，他感到浑身暖暖的，一阵恍若春风，却又比春风略微沉重一些的风吹过耳畔。

"水深千寻①。"海龟说道。

浦岛突然感到胸中一阵憋闷，类似晕船。

"我能不能吐呀？"浦岛太郎闭着眼睛问海龟。

"怎么？您想吐？"海龟改用之前那种诙谐的腔调问他，"您这个船客可真怪不讲卫生的。您也太认真了，竟然还闭着眼呀？所以说我才喜欢您呢！现在已经可以睁开眼啦。睁眼看看四周的景色吧，这样您马上就不会感到恶心了。"

浦岛太郎睁开眼，发现四周苍茫模糊，一切都是淡绿色的，还透着奇妙的亮光。而且到处都没有阴影，唯有茫然一片。

"这里是龙宫吗？"浦岛慢吞吞地问道，仿佛没睡醒一般。

---

① 寻：长度单位。一寻约为1.8米。

"您说什么呢！现在水深只有千寻而已，龙宫在海底一万寻呢！"

"欸嘿。"浦岛发出些许怪声，"大海可真是辽阔呀。"

"您明明是海边长大的，怎么偏像个生活在山沟里的猴子一样讲话！这儿总归是要比您家院子里的小池塘大些的吧。"

无论浦岛太郎向着前后左右哪一个方向看去，都只能见到一片苍茫，他低头望着脚下，脚下是一望无尽的、透着光的淡绿色。他又向上看，头顶是一个恍若苍穹的深邃大洞。除了他们俩交谈的声音之外，再没有任何声响，只有那比春风更加黏腻的风儿吹过浦岛太郎的耳畔。仅此而已。

看了好一会儿，浦岛总算在很远很远的上方，认出一片微弱的黑点，看上去仿佛在水中撒了一把灰。

"那是什么？是云彩吗？"他问海龟。

"您开什么玩笑呀。海里怎么会有云彩飘过去呢？"

"那……咱们头上那些是什么？就好像滴了一滴墨汁一样。难道只是一片灰尘吗？"

"您可真糊涂。一看不就能认出来了嘛,那是一大群鲷鱼呀。"

"欸?看上去好小。那看上去得有二三百条的样子吧?"

"您真傻!"海龟发出冷笑,"您说这话该不会是认真的吧?"

"那……有两三千条?"

"快清醒点,那一群至少要有五六百万条了。"

"五六百万?你可不要吓唬我。"

海龟嗤笑道:

"其实啊,那根本不是鲷鱼。那是海中的火灾燃起的烟。冒起那么大的烟,就算是二十个日本都不够烧呢。"

"你骗人!海里怎么会燃烧火焰呢?"

"肤浅,肤浅呀。水里也是有氧气的哦。当然能烧火。"

"少蒙我。你这属于毫无根据的诡辩!不开玩笑了。快告诉我,那看上去像灰尘一般的东西究竟是什么?应该还是鲷鱼吧。总不可能是真着火了。"

"那就是着火了。您这个人啊,陆地世界那么多的河川都在夜以继日地奔腾入海，可是大海中的水一直不多也不少，始终保持不变，您没想过究竟是为什么吗？大海也是很烦恼的。一个劲儿地被灌水，多难处理呀。所以呢，有时候就要将一些多余的水烧掉。烧着烧着，就着起大火啦。"

"可是，那烟雾丝毫没有扩散开呀。那究竟是什么东西啊？我看它一直都没有动弹，估计也不是一大群鱼吧。求你别这样坏心眼地打趣我了，快告诉我那究竟是什么吧。"

"好吧，那我就告诉您吧。那个呀，其实是月亮的影子哦。"

"你又在捉弄我了！"

"当然没有！虽然海底不会投射出来自陆地的影子，但是天体的影子却能从天顶落下，映入海中。不仅仅是月亮的影子，海水还能映出星辰的影子呢。所以龙宫就依照月影制定历法，区分四季。您看，那片月亮的影子是不是稍微缺了一块呀？所以我推测今夜是农历十三吧。"

听海龟说得如此一本正经，浦岛太郎想，或许它说的的确属实吧。但是，又总感觉有些怪怪的。可是，他目之所及，只能在这薄绿的、缥缈浩瀚的大空洞一角，看到如此细小的一块黑点。那么对于浦岛太郎这样一位风雅之士来说，就算是海龟骗他，月亮的影子这种说法也远比一群鲷鱼或者海中火灾听上去有趣多了。月亮的影子，这真是足以惹起人的思乡之情了呀。

正在此时，四下里突然变得异常昏暗，伴随着凄厉的声响，一阵烈风猛吹过来，浦岛太郎险些从龟背上摔下去。

"您再把眼睛闭一会儿吧。"海龟用严肃的口吻说道，"这里正是龙宫的入口。人类在探索海底时，一般都认为这儿是海洋的最深处了，走到这里就会折返回去。所以能通过这里的人类，您是头一位，或许也将是最后一位吧。"

突然，浦岛太郎感觉海龟翻了个身。接着，它以肚皮向上的姿态继续游着。而浦岛太郎整个人仿佛粘在龟背上一样，翻了半个跟头。但他却并没有掉下龟背，而是乘着海龟一道向上前行。这种感受仿佛一场奇妙的错觉。

"您睁开眼看看。"海龟告诉他。这时，浦岛太郎已经没有身体翻转着的感觉了，他还和之前一样稳稳地坐在龟背上，海龟则不停地下潜着。

四周微微亮着光，恍如破晓之时已至。浦岛朦胧间看到脚下一片雪白，像是群山，又像是群立的高塔。但若说是塔，也未免太壮丽了。

"那是什么？是山吗？"

"是呀。"

"是龙宫的山吗？"浦岛太郎的声音因过于兴奋而略显沙哑。

"对呀。"海龟快速地游动着。

"怎么是雪白的呀！难道是在下雪吗？"

"哦哟。天生命运高贵的人想法就是不一样。真厉害呀。竟然能想到海底会下雪呢。"

"毕竟你都说过海底会着火了。"浦岛太郎急忙反击，"既然如此，那当然也能下雪啦。毕竟水里有氧气嘛。"

"雪和氧气可差得远了。就算二者有关联，估计也就像大风和木桶店①之间的关系吧，太胡扯了。您想用这样的说辞来唬住

---

① 源自日本谚语：風が吹けば桶屋が儲かる（大风天里木桶店赚大钱），比喻某种情况的发生影响到了乍一看毫不相干的另一件事。

053

我不行哦。你们这些高贵人士，真是不会讲俏皮话。是想说下雪容易归途艰险[①]吗？这比喻也用得太不恰当了。不过嘛，总归比什么氧气一类的要合适点吧。氧气加雪，想想简直和牙垢一样。看来拿氧气玩儿文字游戏是铁定不行了。"果然，海龟的嘴皮子厉害得很。

浦岛太郎苦笑着：

"说来，那座山——"他刚说到一半，海龟又讥笑道：

"说来，您这话题换得真生硬。说来那座山呀，山顶可并非下了雪哦。那是珍珠堆成的山呢。"

"珍珠？"浦岛太郎惊呼，"你是在骗我吧？就算是十万、二十万颗珍珠堆起来，也堆不成那么高的一座山啊！"

"十万、二十万颗？您的算法真够穷酸的。在龙宫里，珍珠可不是按一颗两颗算的。那种算法太小气了。我们都是按一堆两堆这样算的。一堆珍珠大约就是三百亿颗吧，但是没人会特意跑去一颗一颗地计算。得要有百万堆的珍珠，才能垒出那样

[①] 源自日本江户时期的儿歌《通りゃんせ（过去吧）》，其中有一句歌词为：行きはよいよい帰りはこわい（去时容易，归途艰险），因日语中"雪"和"去"的发音都为"yuki"，故有此双关。

一座高峰吧。珍珠不是正愁没地方扔？毕竟那东西不就是鱼的粪便吗？"

不知不觉间，他们就到了龙宫的正门。出乎意料的是，这正门并不大。它就蜷缩在珍珠山的山脚下，闪着荧光。浦岛太郎从海龟的背上爬下来，被海龟领着，略弯下腰从正门走进去。四下微亮，鸦雀无声。

"真安静呀，安静得有些骇人了。这儿该不会是地狱吧？"

"您振作点吧，大少爷！"海龟用鳍拍了拍浦岛太郎的后背，"所有的王宫都是这么安静的呀。您要是以为龙宫会和月后的海边一样，一年到头闹哄哄地跳舞庆祝丰收，那可真是陈腐的空想了。真是可悲呀，简素幽深，这不就是你们所谓风雅之极致吗？还说这儿是地狱，您可真无耻。等您适应了之后，怎会发现四下微亮的环境能令内心感到一种难以言喻的温柔与和缓。请留意脚下，要是不小心滑倒可就丢人了。咦？您怎么还穿着草鞋？快脱下来，太没礼貌了！"

浦岛太郎面红耳赤地脱下了草鞋，光脚走着，脚底有种令人厌恶的湿滑感。

"这路是怎么回事呀，好恶心。"

"这不是路，是走廊。您已经走进龙宫城了。"

"是吗？"浦岛太郎惊讶地四处张望。周围既没有墙壁也没有宫柱，身边唯有黑暗浮动。

"龙宫里既不会下雨，也不会下雪，"海龟用一种慈爱的语气说道，"所以完全没必要像陆地上的房屋那样，不得不建造一些憋闷的屋顶和墙壁。"

"可是，龙宫的大门不是有屋顶的吗？"

"那是用来做标志的。不单是大门，乙姬的寝宫中也有房顶和墙壁。那也是为了维护乙姬的尊严所建，并不是用来遮风挡雨的。"

"真是如此吗？"浦岛太郎脸上表情仍旧带着诧异，"那位乙姬的房间在哪儿呢？我眼前尽是一片片萧寂幽境，一草一木都未曾见到呀。"

"乡下人真是让人无话可说！看到那些巨大的建筑物和上面到处镶嵌的华丽装饰会大吃一惊，但却对这空幽深邃的美毫无兴致。浦岛太郎呀，您真配不上您嘴里的高雅。不过，您也就是个丹后荒滩上的所谓风流人士罢了，也可以理解。谈到什么所谓传统教养，也是令人直冒冷汗。像您这样的人，也真好意思说自己是正统的风雅人士？像这样亲眼到现场看看，您乡下人的原形可就暴露无遗了。我看您还是就此罢休吧，别再邯郸学步了。"

到了龙宫之后，海龟的嘴变得越发毒了。

浦岛太郎已经害怕得战战兢兢。

"可、可是，我确实什么都看不见呀。"他几乎是带着哭腔说道。

"所以呀，我不是让您留意脚下吗？这走廊可不是什么普通的走廊，这是用鱼群铺成的走廊。你仔细看看，是数亿条鱼紧紧连在一起，铺成了走廊的地面。"

浦岛太郎吓了一跳，踮起了脚。怪不得刚才脚底有滑溜溜的感觉。他低头一看，大大小小无数条鱼的脊背天衣无缝地贴在一起，身体一动也不动。

"这可太残酷了。"浦岛太郎胆战心惊地走着，"真是恶趣味！这就是你所谓简素幽深的美吗？踩着鱼儿的背走路，实在是太野蛮了！我都为这些鱼儿感到痛心。如此怪异的风雅，我这样的乡下人的确是欣赏不了。"

说完这一番话，刚刚被嘲作乡下人的那种郁闷之情稍有缓解。浦岛感到心中痛快了许多。

"不是的。"这时，他脚下传来微弱的说话声，"我们每天都会这样聚到一起，为的是能陶醉在乙姬美妙的琴声之中。鱼群组成桥梁并非为了什么风雅。请您不必在意，踩着我们走过去吧。"

"原来如此啊。"浦岛太郎暗自苦笑，"我还以为这桥也属于龙宫城的装饰之一呢。"

"可不只是这样。"海龟不失时机地插嘴道，"说不定呀，这桥正是乙姬为了欢迎浦岛少爷而特意吩咐鱼群搭造的呢！"

"哎呀，这……"浦岛太郎满面通红，十分狼狈，"怎么会呢？我可没到那么自恋的程度。但是呀，你随口乱说是这些鱼搭成了走廊的地面，搞得我开始替这些鱼儿感到疼痛了，毕竟是被踩在脚底下的嘛。"

"在鱼的世界里，根本不需要什么地面呀。只不过拿陆地上的房屋来参考的话，它们这副样子就和地面很相似，所以我才这样举例的，我可不是随口乱说。您说鱼被踩在脚下会觉得疼痛？其实在海底，您的体重就只有一张纸那么轻盈。您难道感觉不出来吗？自己的身体其实轻飘飘的。"

听海龟这么一说，浦岛太郎也多少感觉到自己的身体变轻盈了。可是，浦岛太郎一路上一直在承受海龟的无端嘲讽，他已经气恼不已了。

"我已经什么都不信了！所以我才说了的，我讨厌冒险！这样子被骗了也没法识破。就只能一味地听信指路人说的话，说什么就信什么。其实，冒险就是在骗人！你听听！什么琴声一类的，我跟本就听不到！"浦岛太郎开始胡乱发起了脾气。

海龟却十分冷静：

"因为您是在陆地的平面环境中长大的，所以始终认为自己的目标处于东南西北的某一个坐标上。可是，海里还有另外两个方向，也就是上方和下方。从刚才起，您就一直向着前方去寻找乙姬的住所。这就是您所犯的一个重大错误。您为何不抬头看看上面呢？又是为何不愿低头看看脚下呢？海中世界，一切都是漂浮着的。刚才的那座正门，还有那座珍珠堆成的山峰，其实都是在漂浮着的。您自己也在上下左右地漂着，所以才感受不到其他东西在动吧。或许您自认为从刚才开始就前进了不少，但事实上，您其实还在原地呢。或者也可能反而后退了。因为海潮的流向，我们现在应该在不断向后退。看看刚才的位置，眼下我们大概已经一道上浮了百寻了。总之呢，先在这道鱼群铺就的桥上再走一走吧。您看，这鱼群的密度是不是愈来愈稀疏了？请务必小心，别踩空了。不过嘛，就算踩空，也不至于直接跌下去的，毕竟您现在只有一张纸那么轻了。也就是说，这桥其实是一座断桥。在这走廊上走到头，前面也是空无一物。但您看看脚下，喂！鱼儿们，稍稍让开些吧，少爷要去见乙姬了。这些鱼儿排列在一起，其实也组成了龙宫城正殿的天盖。水母成群筑天盖——这样吟诵一句，想必会令您这样的风雅之士十分高兴吧。"

鱼群一言不发，默默地四散而去。此时，脚下传来微弱的琴声。那声音和日本琴十分相似，但音色不及日本琴那般苍劲有力，而是更加柔和、缥缈，余音甚是袅袅。这曲子是《菊露》或《薄衣》，还是《夕空》或《砧》，抑或《浮寝》或《雉子》？

似乎都不是。风雅之士浦岛，竟也听不出这曲调究竟出自何处，那旋律十分可爱动人，又是那么的柔弱无依，但这曲调的内核，又透着在陆地上从未听闻的高傲与孤寂。

"真是首不可思议的曲子。这曲子叫什么名字？"

海龟侧耳细听片刻，回答：

"《圣谛》。"

"sheng di？"

"神圣的圣，谛听的谛。"

"这样啊，圣谛。"浦岛太郎喃喃道。他第一次意识到，海底龙宫中的生活，要比自己的生活品位高出不知多少级。自己的那些好品位根本就是靠不住的。怪不得海龟听着自己念叨什么传统教养，什么正统风雅，会止不住地冒冷汗了。自己的风雅无非东施效颦，与乡下野猴子无异。

"以后你说什么我都相信。《圣谛》，真是曲如其名啊！"浦岛太郎呆站在原地，仍然侧耳倾听着这首神妙的《圣谛》。

"来，我们就要从这儿跳下去了。当然没什么危险，请将双臂展开，向前走出一步，这样就能飘飘忽忽地向下降落了。从鱼群组成的桥面尽头直接下落，就能正好抵达龙宫正殿的台阶前了。来吧！还愣着干什么？快跳下去吧，准备——"

紧接着，海龟便晃晃悠悠地沉了下去。浦岛太郎重整士气，伸直双臂，向鱼群桥外迈出一步。于是，他便感到有种向下拉拽的力，将他带了下去。脸颊仿佛有微风掠过，十分凉爽。片刻，周围的一切便呈现出浓绿宛如树荫般的色彩。那琴声也越发清晰了。很快，他便和海龟一道站在了正殿的台阶前。虽说是台阶，却不是一级一级界限分明的。它更像是用闪着灰色柔光的小珠子铺就的斜坡。

"这也是珍珠吧？"浦岛太郎小声问道。

海龟用怜悯的眼神看了看浦岛太郎：

"您怎么看到珠子就只会说是珍珠？珍珠不是都被扔了吗？不然怎么堆成那么高的一座山峰呢？算了，您用手捧一把珠子自己看看吧。"

浦岛顺从地用双手捧起一把珠子，手感十分冰凉。

"哎呀，是小雪粒！"

"开什么玩笑？您再放到嘴里尝尝看。"

浦岛非常老实地将那冰凉的小珠子放了五六颗到口中。

"真好吃！"

"对吧？这是海里的樱桃。吃了它能活三百年都不老。"

"是吗？那吃多少都是一样的效果吗？"自诩风雅人士的浦岛太郎，这会儿也已经忘了体面这回事，想再多捧些珠子塞进嘴里。"我这个人对死亡倒没什么害怕，但实在是受不了又老又丑哇。毕竟衰老的丑态与我的风雅趣味太不相合了。我是不是还应该再吃点儿比较稳妥？"

"您快别招人笑话了。请抬头看看吧，乙姬大人已经出来迎接您了。啊呀，乙姬大人今天也是如此美艳动人呀。"

在樱桃斜坡的尽头，一位身穿青色薄衫、身形小巧的女性正站在那儿，对着他们微笑。透过薄薄的青衫，能够看到她雪白的肌肤。浦岛太郎惊慌失措，连忙挪开视线。

"那位就是乙姬吗？"浦岛太郎小声问海龟，脸已经红到了脖子根。

"当然了啊！您别再这样扭扭捏捏了，快去和乙姬大人请安呀。"

浦岛太郎更加手足无措了。

"可是，我该说些什么好呢？我这样的人，就算是自报家门，人家也不认得我是谁呀。再说了，我们这次来访也太突然了，这怎么合适呢？我还是打道回府吧。"浦岛太郎虽自诩拥有更高级的命运，可是在乙姬面前却变得卑微渺小，满心想着逃跑。

"关于您的一切，乙姬大人早就了如指掌了。这就是所谓阶前万里[①]嘛。您只需做好心理准备，礼貌地鞠躬行礼便可。就算她并不认识您，她也不会有什么戒备心。乙姬大人并不是那种小肚鸡肠的人。您也不必唯唯诺诺，就直说自己是来龙宫城玩儿的就好了。"

"这怎么行！这么说也太失礼了！哎呀，她正在笑呢，总之我得先行个礼。"

于是，浦岛对着乙姬行了一个极为恭敬的大礼，隆重到双

[①] 出典自《资治通鉴·唐纪·宣宗大中十二年》："卿到彼为政善恶，朕皆知之，勿谓其远！此阶前则万里也。"意为：远在万里之外，犹如近在眼前。比喻相隔虽远，却像在眼前一样。

手都快碰到脚趾了。

海龟心惊肉跳地说：

"恭敬过头了！人家会感到厌恶的！您不是我的大恩人吗？至少在态度上可以更加威严一些吧？竟然卑躬屈膝到了这个地步，还有什么品位可言呢？快看，乙姬大人在对着我们招手呢，咱们快去吧。来，挺起胸膛，摆出日本第一好男儿的气概来！还要用最高级的风雅人士的表情，迈着威严的步子走过去。您这个人呀，在我面前显得那般高傲，那般一本正经，结果一看到女人，反而如此毫无尊严！"

"哎呀呀，面对高贵之人，行礼当然也要与之相应……"

浦岛太郎紧张得过了头，嗓子都哑了。他脚下趔趄，跌跌撞撞地走上台阶。他四下一望，眼前竟然是一个极为宽敞的屋子，甚至有上万张榻榻米那么宽。不，与其说是屋子，不如说是庭园更加准确。不知从何处洒下宛如树荫一般的绿色光线，将这个巨大的广场笼罩在一片氤氲之中。这儿的地面也铺满了那种雪粒一般的珠子，还随处可见一些黑色的石块。不过也就只有这些了。别说屋顶了，这儿连一根柱子都没有。目之所及，全是宛如废墟般的荒凉景象。定睛一看，又能看到那些细小的珠子缝隙中，探出了许多紫色的小花，这又平添了几分寂寥感。这或许就是幽邃的极致吧。浦岛太郎不禁感慨，竟有人能在如此空荡荒凉的地方生活啊。想到这儿，他不禁偷眼看了看乙姬。

乙姬一言不发，默默地转身，徐徐向前走去。这时浦岛太郎才注意到，乙姬的身后跟着无数比青鳞还要更小一些的金色鱼儿。它们洋洋洒洒地游动着，乙姬一迈步，它们就紧紧跟上，就仿佛乙姬身边不断落下金色的雨滴一般，展现出超凡绝尘的高贵气质。

乙姬身上的薄纱飘然浮动着，她赤脚行走，可是定睛一看，会发现那双青白色的小脚并没有踩在细小的珠子上，她的脚底和珠子之间留有一个很小的空隙。或许她的双足就从未踩踏过任何东西吧，那脚底一定就和新生的婴儿一般柔软而细腻。想到这儿，浦岛感觉到乙姬虽未施分毫惹眼的妆饰，可却浑身萦绕着一种真切的气质，很是高贵典雅。渐渐地，浦岛的内心也涌起一阵对此次冒险的感激之情，能来龙宫看看，真是太好了。他迷迷瞪瞪地跟在乙姬身后走着。

"如何呀？龙宫不错吧？"海龟低声在浦岛太郎耳边啜嚅，

还用鳍去偷偷搔了搔浦岛的侧腹。

"啊?您说什么……"浦岛一脸狼狈,"这个,这个紫色的小花可真漂亮。"

浦岛开始顾左右而言他。

"您就看上这个了?"海龟一脸扫兴,"这是海中樱桃开的花,和堇菜花有点像吧?吃下这种花的花瓣,会有种畅快的酣醉感。这就是龙宫的美酒。还有那些像石头一样的东西,那其实是海藻。历经数万年,它们看上去就仿佛石头一样坚硬,但其实口感要比羊羹还柔软呢。这种海藻可比陆地上的任何食物都美味哦!每块岩石都有它们独特的味道。在龙宫,大家就食用这种海藻,再品尝花瓣,享受酣醉,渴了就含几颗樱桃。大家陶醉在乙姬的美妙琴声之中,欣赏着鱼群宛如纷纷落花一般的舞姿。如何呀?邀您来游玩时,我曾说过,龙宫是个日夜歌舞升平,满是佳肴美馔的地方。现在亲眼看到了之后,您觉得和想象有出入吗?"

浦岛没有回答,而是露出一个意味深长的苦笑。

"我明白,在您的想象中,龙宫应该是又热闹又华丽,巨大的盘子里摆满了鲷鱼鲔鱼的刺身，还有穿着红色和服的小姑娘在跳徒手舞，而且到处是金银珠宝、绫罗绸缎。"

"怎么会……"浦岛脸上略显出不悦，"我还没有卑俗到那个地步。不过，我虽自认是个孤独的人，可来到这儿，我才见到了真正孤独的人。这令我对自己之前那种扭捏做作的生活感到羞愧。"

"您是说乙姬大人吗？"海龟小声问，还很没礼貌地用下巴指了指乙姬，"她可一点都不孤独呢。她根本不在意这些。人都是因为怀有野心，所以才会被孤独所侵扰，倘若不将这种情绪放在心上，就算孤独地度过千百年的时光，也绝不会有一丝难过，这就是不将他人评价放在心上的人所过的生活呀。话说回来，您这是要去哪儿呢？"

"欸？什么？我也不清楚这是要去哪儿呀。"浦岛被这个突然的提问弄愣了，"因为，我是被那位大人带领……"

"乙姬大人可并未想过要带领您呢，她已经把您忘记啦。她接下来应该要回自己的房间了。您快振作点吧！这儿可是龙宫！龙宫就是这个样子啦，没什么好领路的。您就在这儿随意游玩吧。还是说，光有这些，您觉得不够满足？"

"你别再欺负我了。我真不知该如何是好了！"浦岛泫然欲泣道，"毕竟，是那位大人主动前来迎接我的，又不是我太过自恋。我想，既然如此，那出于礼貌，我应该跟在她的身后嘛。我也根本没有什么不满呀，你又为何要用这种语气说话？就好像我心怀叵测、图谋不轨一般。你这家伙心眼可真坏啊！太恶毒了！我自打出生，就从来没遇到过这么憋屈难受的事，你真的是太过分了！"

"何必这么在意？乙姬大人只不过是胸襟太过宽广罢了。而您呢，又是远道从陆地而来的稀客，还是我的救命恩人。所以她自然会主动迎接。再加上，您又是个爽朗帅气的少爷呀。当然，这句属于开玩笑，您可不要又莫名其妙地自恋起来了。总而言之呢，乙姬大人走到台阶这里，来迎接前来自家游玩的稀客，看到您之后，她也就放了心，接下来您就随意游玩几日即可。她呢，就不必再多问，自顾自地返回她的寝宫中了。其实呀，我们有时候也不太知道乙姬在想些什么。不过无论怎样呢，她都是位胸襟宽广之人啦。"

"如此说来，我倒是有些领悟了。你的推测大致上是没有问题的。就是说，她这样的做法是真正高贵之人的待客方法。迎来客人后，就将客人忘记，而且会用一种不经意的态度，将美酒珍馐放置在客人身边，音乐及歌舞也不会以一种想要款待客人的露骨意图而呈现。乙姬在弹琴时并未有意弹给谁听，鱼群也并非有意炫耀舞姿，它们只是在自由起舞罢了。客人无须赞不绝口，也无须摆出一副大受震撼的模样。他们可以随意躺倒、休息。毕竟主人已经将他们的存在忘得一干二净了，并且也已经许可客人随心所欲地活动了。他们可以想吃就吃，不想吃呢，自然就可以不吃。就在这醉生梦死之中聆听琴音，反而不是什么失礼的行为。啊呀，真正的待客之道其实本该如此！像那种明明没什么稀罕，却要无比夸张地劝人动筷，主客之间还要无趣地互相恭维，明明没什么好笑的，却拼命嘿嘿笑着。真的是！明明都是些老掉牙的说辞，还要装作大吃一惊，搞这种彻头彻尾的虚假社交！我真想让那帮自以为待客手法足够高雅，但实则既吝啬，又只会闹些小聪明的傻瓜，看看龙宫这儿真正高贵的待客之道。那帮人在意的只有自己是否失了身份，他们还会对客人产生一种奇异的戒备心，于是独自白忙活一场，其实根本没有付出一丁点儿的真心实意。呵，那究竟能算什么呀！就连喝一杯酒，也像是在互相求证一般——我请您喝酒了哦！我喝了您的酒哦！——真是让人难受。"

"没错，您这样想就对了！"海龟大喜道，"但也不要太过兴奋，万一高兴过头出现心脏麻痹可就麻烦了。来，快坐到这块海藻岩石上，喝点樱桃酒吧。光是吃樱桃花瓣的话，很多人一开始会觉得味道太过浓郁了。所以您可以先在舌尖放上五六颗樱桃，这样它们会一口气在口腔中融化成爽口的美酒。根据搭配不同，这酒的口味能产生多种多样的变化，来吧，您自己试试，搭配出适合您口味的美酒吧。"

浦岛眼下想尝尝口味较烈的酒，于是他将三片花瓣和两粒樱桃放在舌尖，转瞬间，它们就化作甘洌的美酒，单是含在口中，就令浦岛太郎感到心旷神怡。他将美酒咽下，液体顺滑轻盈地流过喉间，他突然感到一阵极度的喜悦，仿佛体内突然被点亮了一盏灯。

"这可真是美味呀！简直能将忧愁一扫而光！"

"忧愁？"海龟诘问，"您心中有何忧愁之事？"

"哎呀，没有，我没什么忧愁啦，哈哈哈哈。"浦岛为了掩饰而勉强干笑。继而小声轻叹一口气，偷眼眺望乙姬的背影。

乙姬仍独自沉默着向前走。她沐浴在淡绿色的光线之中，看上去像一株透明且芬芳的水草，一边漂荡着，一边孤独地走着。

"她要去哪儿呢？"浦岛不由自主地喃喃道。

"应该是回房间吧。"海龟一副理所当然的模样，若无其事地回答他。

"你从刚才起就一直嚷着什么回房间、回房间，可是乙姬大人的寝宫究竟在哪儿呢？我怎么什么都没看到呀？"

浦岛目之所及，全是宛如平坦旷野一般的闪着柔光的巨大房间，根本没有类似宫殿一样的建筑。

"您顺着乙姬前进的方向一直往那边看，一直看过去，难道没看到什么吗？"听海龟这样一说，浦岛皱起眉头向海龟所指的方向定睛看了过去。

"啊啊，你这么一说，好像是有些什么。"

在大约一里开外的地方，冒着一片朦朦胧胧的烟雾，就仿佛幽深的潭底。那儿仿佛生着一朵小小的纯白色水中花。

"是那儿？也太小了吧。"

"乙姬是独自休息，并不需要很大的寝宫呀。"

"这么说来，倒也是了。"浦岛又搭配了一口樱桃酒饮下，"那位大人，是不是一直都那么寡言呢？"

"是呀，一直如此。所谓语言，其实源自生活中的不安情绪。就好像腐败的土壤才会长出红色的毒菇，惶惶不安的生活才是发酵出语言的始作俑者。虽然也有表现快乐的语言，可就连吐露这些快乐的语言，也令人颇费一番功夫，不是吗？人类即便是沉浸在喜悦之中，仍然会感到不安。人类的语言全都是雕琢过的，都是在装腔作势。在不会觉得不安的地方，自然也就无须下这番恼人的苦功了，不是吗？我从来没有听过乙姬开口说话，不过，沉默往往也会被称作一种皮里阳秋吧？就是所谓，将辛辣的观察偷偷藏在心里的做法。可是乙姬大人绝不会那样做，她根本就没有想过这些事。她就只会那样含笑弹琴，或在这巨大的房间里走走停停，或有时口含几片樱桃花瓣，随心游玩。她是真的非常悠闲自在。"

"原来如此，那位大人也会喝樱桃酒哇。这可真是样好东西呀，只要有它，其他便再无所求了。我还能再多喝点儿吗？"

"好呀，您请便，来了这里还客客气气的可就太傻了。您可以做任何事，这里对您是无条件开放的。您要不要吃点什么？眼前的所有岩石都是珍馐美味哦。您想尝尝油脂丰富些的，还是口味清爽，口感酸甜的？这里什么口味都有。"

"啊啊！我听到琴声了，我能躺下来听吗？"这种"无条件做任何事"的许可，在他的人生中还是头回遇见。浦岛将风雅之人所需注意的全部仪态都扔在脑后，随意仰躺在地上。"哎呀，喝醉了就躺下，这可真舒服！我现在想吃点东西了。有烤鸡味道的海藻吗？"

"有的。"

"那，有桑葚味道的海藻吗？"

"应该也有的吧，不过您还真是……偏好些粗野的食物呢。"

"我这是暴露本性喽？毕竟我就是个乡下人嘛。"浦岛太郎的说话方式竟也起了些变化，"不过，这才是风雅的极致呀。"

他抬眼望去，在很远的上方有一群鱼，它们仿佛天盖一般漂浮着，泛着青色的朦胧光泽。突然间，那"天盖"分开，从中游出一群鱼来。银色的鱼鳞闪着夺目的光辉，宛如从天而降的大雪一般纷飞翻舞。

龙宫是不分白天黑夜的，这里始终保持着五月清晨的那种清爽感。宛如树荫一般的绿色光线十分充足，浦岛也不知道自己究竟在这儿待了多少天。其间，浦岛始终可以自由行动，于是他也走进了乙姬的寝宫。乙姬丝毫没有表达出任何厌恶之情，始终保持着微笑。

终于，浦岛太郎在这儿待腻了。或许是对"无条件地做任何事"感到厌烦了吧，他突然怀恋起了陆地上那贫瘠的生活。人们会在意对方的批评，会因此而哭泣或愤怒。大家既小气又鬼祟，真是可怜至极。可不知为何，浦岛却又渐渐觉得，陆地上的人类是那么美好。

浦岛向乙姬道了别。面对这突然的辞别，乙姬依然是沉默地微笑着应允了。不如说，自始至终，做任何决定，她都会应允的。乙姬一直将浦岛太郎送到了龙宫的阶梯上，又默默赠予他一颗小小的贝。那两片合在一起的贝壳闪着夺目的五彩光芒。它正是龙宫特产的工匠。

所谓"去时容易，归途艰险"，浦岛再次坐到了海龟的背上，稀里糊涂地离开了龙宫。他胸中不禁涌起一阵难以言喻的忧伤。哎呀，我忘了和乙姬道谢呀。这么美好的地方，真是世间绝无仅有的呀！哎呀，真想在那儿待一辈子呀。可是，我毕竟是生活在陆地上的人类。不管龙宫中的生活多么惬意，我还是无法离开自己的家，自己的故土，自己魂牵梦萦的归宿呀。就算喝下美酒，我在酒醉梦酣时，仍会见到自己的故乡，令我魂不守舍。我真的没有资格待在那么美好的地方呀。

"哎，不行不行，我真的是太寂寞了！"浦岛自暴自弃地放声大吼道，"我自己都搞不清楚究竟是怎么回事，但是我知道这么下去可不行，喂，海龟！你快说点什么能振奋精神的坏话吧！从刚才开始你可就一直没说话呢。"

从刚才开始，海龟就始终沉默着在摆动双鳍。

"你是在生我的气吧？你是不是觉得我像白吃白喝后逃单的客人一样离开龙宫的？"

"您别说得这么悲观嘛，陆地上的人就是这点令我讨厌。您要是想回去，回去便是了。我不是早就和您说过很多回了吗？想做什么就做什么呗。"

"可是,你看起来无精打采的呀。"

"明明是您莫名其妙地突然垂头丧气起来了吧!我嘛,比较喜欢迎接,但是不太擅长送别。"

"就像歌里唱的,'去时容易,归途艰险',对吧。"

"眼下可不是讲俏皮话的时候。总之,送别这件事就是会令人心中不悦。离别时,大家都会一个劲儿地叹息,想说什么又说不出口。真恨不得就此直接别过算了。"

"果不其然!你也觉得很寂寞嘛。"浦岛深受感动,"这次真是多多受你照顾了,谢谢你呀。"

海龟没有回答他,只是微微晃了晃自己的背壳,仿佛在说"干吗讲这些呢",然后就一个劲儿地埋头猛游起来。

"那位大人,真的一直是孤零零一个人待在龙宫的呀,"浦岛仍然心怀忧郁地叹了口气,"她还送了我如此漂亮的一颗贝,这贝该不会是用来吃的吧?"

海龟嘻嘻笑起来:

"您没在龙宫待多久,胃口倒是变得蛮大的。这宝贝可不能吃。虽然我也不清楚它具体是什么，但是那贝中应该藏着什么东西吧？"

海龟这番话颇有伊甸园里那条蛇的风格，漫不经心就勾起了人的好奇心。看来，这也是它们作为爬虫类的宿命了。不不，如此下结论，似乎太对不住这只善良的海龟了。之前这只龟不是亲口发过豪言壮语，说"我并非伊甸园里的那条蛇，不是我夸口，我可是一只日本的海龟"吗？要是不信它的话，可就太委屈它了。而且，从这只龟对浦岛太郎的态度可以看出，它绝非伊甸园的蛇那般奸佞邪恶，时时惦记着要在他人耳边低语，引诱他人堕落。岂止如此，它甚至只不过是个直爽坦率、能说会道的家伙罢了。所以说，它根本就毫无恶意。总之，我就是这样理解的。

海龟又继续说："但是，我觉得最好还是不要把那颗贝壳打开哦，里面一定藏着龙宫之中的精气一类的东西。要是在陆地上打开它，说不定会飘出奇怪的海市蜃楼，可能就会把您弄疯了。说不定贝里还会冲出海水来，然后这海潮引发了大洪水……总而言之，将海底的氧气释放到陆地上，估计没什么好事。"海龟的表情很认真。

浦岛十分信任海龟。

"你说的也对！龙宫的气氛那么高贵，如果贝壳里藏着这种气氛，一接触到陆地上的恶俗空气，就有可能陷入混乱，引发巨大的爆炸。我一定会把它当作传家宝，好好珍藏的。"

此时，他们已经浮上了海面。太阳的光芒十分耀眼。家乡的海岸近在眼前，浦岛真想立即奔向自己家，将父亲母亲、弟弟妹妹，还有家里的一大帮仆人都喊过来，给他们细致地讲述自己游历龙宫的经历。

我要告诉他们，冒险就是信念的力量。我们这个世界的所谓风雅，只不过是小家子气的照葫芦画瓢。所谓正统，其实就是通俗的别名。你们懂吗？真正高贵的品位，是《圣谛》的那种境界，那可不是简单的无欲无求，懂吗？龙宫可没有恼人的批评，只有无限的自由，然后就是微笑。懂吗？在龙宫，主人会忘记客人。不明白？那我正要将这刚刚听来的新知识，使出浑身解数宣扬给你们。倘若我那个现实主义至上的弟弟脸上露出了半点怀疑的表情，我就当即把来自龙

宫的这枚宝贝塞到他鼻子底下，逼得他哑口无言！

想到这里，浦岛太郎顿时干劲十足，热情高涨。他甚至忘了和海龟道别，就急匆匆地冲上海滩，向家中奔去。

究竟发生了什么　我的故乡在哪儿

究竟发生了什么　我的家又在哪儿

茫然四顾　遍是荒野

既无人影　也无道路

唯有松风　猎猎作响

这个故事迎来了如此转折。浦岛在一番迷茫过后，最终将从龙宫带回来的贝壳打开了。关于这一点，倒也不必将过错都推给那只海龟。明明说了"不能打开"，可人性的弱点就是如此禁不住诱惑，于是还是忍不住打开了——展现这种心理状态的故事不仅有《浦岛太郎》，还有希腊神话中的《潘多拉之匣》。

但是,那"潘多拉之匣"从一开始就埋好了众神复仇的伏笔。也是从一开始就预想到了,"绝不能打开"这句话一定会刺激到潘多拉的好奇心,促使其开启匣子,于是才会恶意地强调"不能打开"的。与之相反,这个故事中的海龟十分善良,它是发自真心地劝说浦岛太郎"不要打开"的。而且它说这话时,看上去心无杂念,十分真诚,所以还是值得信任的。这只海龟十分正直,所以它无须承担任何责任。我想,我可以绝对地信任它,为它做证。那么,眼下就又有一个难以释怀的问题了。在一般流传的《浦岛太郎》故事里,浦岛太郎将从龙宫带回的礼物打开,于是从其中飘出一股白烟,瞬间,他便化作了三百岁的老爷爷。这结局令人感到惋惜,大家都会觉得:要是没打开那个礼物就好了,结果竟然发生了这种事!但我却对这个结尾抱有深深的怀疑。这么一来,这个从龙宫带回来的礼物,不就和那个潘多拉匣子一样,成了为人间带去灾难的祸殃了吗?难道这礼物代表着乙姬的复仇和惩罚之意?她明明是那般不发一言,就只是微笑着允许各人拥有无限的自由,结果背地里竟然暗含着如此残忍的"阳秋",她其实根本就没有允许浦岛太郎任性妄为,于是便出于惩罚这一目的,将那颗贝壳赠予了他?不,我们的论断不必如此悲观吧。但是,就算贵人可以心平气和,屡屡嘲弄对方，乙姬就一定是抱着天真的恶作剧心态，和浦岛太郎开了这样一个可怕的玩笑吗？不论怎样，那位本应无比高贵的乙姬大人，竟会将这么一个性质恶劣的礼物送给浦岛太郎，这件事实在令我不解。潘多拉的匣子里满是疾病、恐怖、怨恨、哀愁、疑惑、嫉妒、愤怒、憎恶、诅咒、焦虑、后悔、卑微、贪欲、虚伪、怠惰、暴力等不吉的妖魔，她一打开匣子，这些妖魔便如一大群飞蚁一般蜂拥而出，散落在世界的各个角落。可是，当惊呆了的潘多拉垂头丧气地望向匣子底部时，她却从黑暗的盒底发现了一块小小的，但亮如星辰般的宝石，不是吗？而且，那宝石上还刻着"希望"二字！看到它，潘多拉苍白的双颊也染上了一丝血色。自那以后，人类虽饱受妖魔侵袭的苦痛，但却凭借"希望"获得了勇气，渡过了重重困难。和这魔匣相比，龙宫的礼物实在是太没意思了，就只是一股烟呀。然后呢，浦岛太郎立即变成了三百岁的老爷爷。就算那贝壳底下残留了"希望"之星，可是浦岛也已经三百岁了。给三百岁的老头子留下"希望"，这简直是在开一个恶意的玩笑。要它何用？那么，如果壳底留下的是那个所谓"圣谛"，又能如何呢？还是那句话，浦岛已经三百岁了。到了这把年纪，就算不给他这么矫揉造作、虚无缥缈的东西，一般也没啥活头了吧。结果到了最后，一切都是白扯。根本就没有任何帮助。看来，浦岛太郎真是得了一个糟糕的礼物呀。可是，倘若真的就此放弃，外国人大概会说："看来日本的童话传说要比希腊神话残酷多了。"那我可咽不下这口气。而且，就算是为了保住那座儿时记忆中的龙宫之名，我也要想办法找出这份难以理解的礼物中蕴含的高贵意义。就算在龙宫的数日抵得上人世间的数百年，也不必把这数百年的岁月变成一份礼物送给浦岛太郎吧！要是让浦岛太郎刚一浮出海面就变成三百岁的老头，那倒还算说得通。如果乙姬出于慈悲，希望浦岛太郎永葆青春的话，她就不必把这种绝不能打开的危险物品交给浦岛了呀。随便把这贝壳扔在龙宫的某个角落不就得了？还是说，乙姬的意思是：你自己惹出的麻烦，我不会给你擦屁股，你自己承担好了？可是，这种讽刺也太过没品了吧？能弹出《圣谛》之曲的乙姬大人，应该不会满脑子都是杂院里那些泼皮无赖的腌臜。哎，我实在是理解不了呀。关于这件事，我恐怕要一直一直琢磨下去了吧。不过呢，最近我终于又稍稍有点理解了。

其实，是我们误会这个结局了。因为我们擅自觉得浦岛太郎变成了三百岁，这是一件非常不幸的事，所以才会感到不解。

但在绘本中，只是写了"浦岛变成了三百岁的老爷爷"，但并没有说"太悲惨了，浦岛太郎真可怜呀"之类的话。

  转瞬　就变成　白发苍苍的老人了

这个故事到这句话就结束了。什么"可怜呀、太蠢啦"一类的想法，都是我们这些俗人擅自下的结论。对于浦岛太郎来说，变成了三百岁的老人，这绝不是什么不幸。

贝壳的底部藏着希望之星，于是浦岛便被这星星所拯救——这种想法未免太过少女情怀了，而且有种编过了头的感觉。其实，浦岛就是被那贝壳中升起的白烟所拯救的。贝壳的底部什么都没有，这就够了，根本不成问题。可谓：

  岁月可使人得救赎。

  忘却可使人得救赎。

龙宫招待之高雅，也靠这份出色的礼物达到了最顶点。回忆总是相隔越久远，就越美好，不是吗？而且，这三百年间的"招待"，也是完全随浦岛太郎的心意的。他从乙姬那里获得了绝对无限的自由。倘若不是寂寞，浦岛也就不会去打开那扇贝壳了。只是因为实在走投无路，所以才想向这贝壳寻求最后的帮助，于是便打开了它。而一打开，三百年的岁月便转瞬忘却了。就按照这样的说法来解释吧。日本的传说故事，就是如此深怀慈悲呀。

据说那之后，浦岛作为一名幸福的老人，又活了十年。

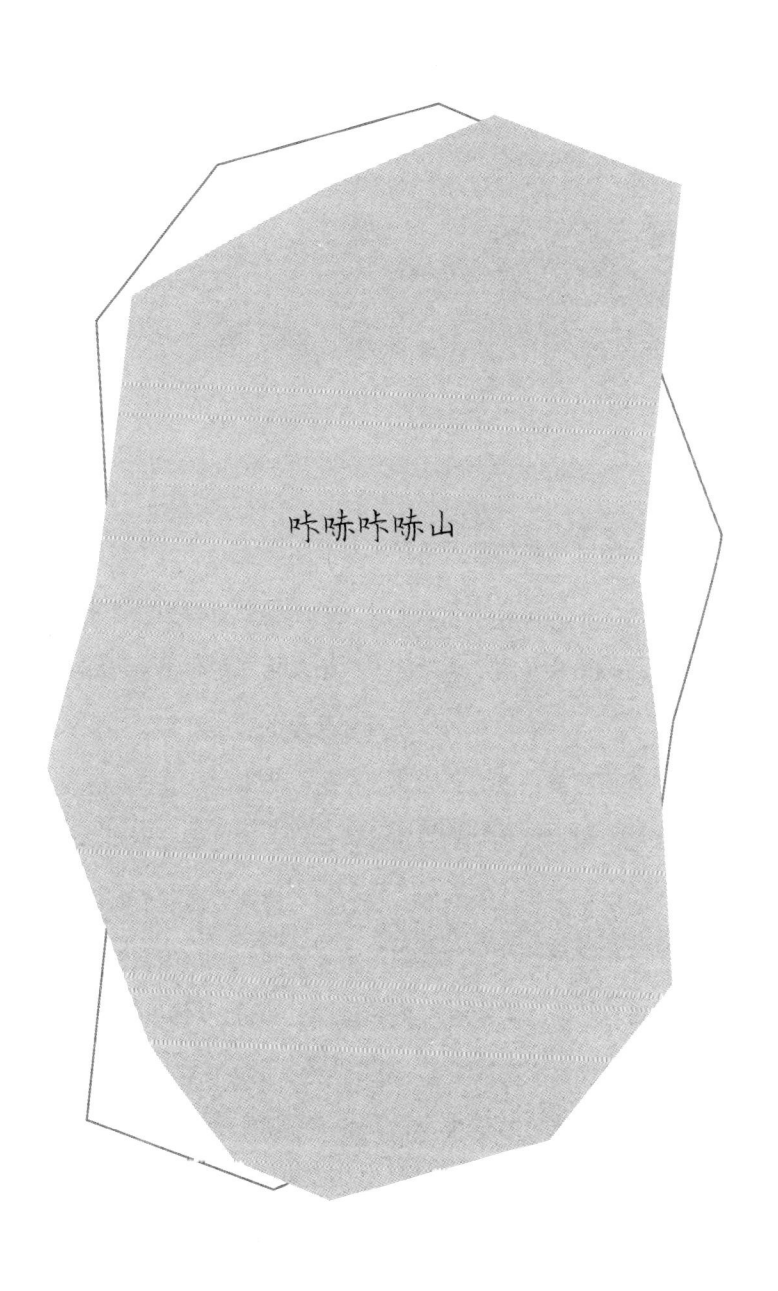

咔哧咔哧山

咔哧咔哧山中的那只兔子其实是名少女，而最终惨遭失败的那只狸子，则是名深深爱上了少女的丑男。我想，这已经是显而易见的事实了吧。这个故事应该发生在甲州富士五湖之一的河口湖畔，具体地点大概在当今船津的后山一带。甲州人生性比较荒蛮粗暴，或许正因如此，这个故事要比其他传说更加粗蛮了些。首先，故事的开端就很残忍。把老婆婆炖成汤，太可怕了，既不好笑也不巧妙。狸子呢，搞的净是些无聊的恶作剧。到了把老婆婆的骨头撒到门廊下的部分时，简直惊悚恐怖到了极点。将这故事作为儿童读物出版，八成会惨遭禁止售卖。于是，如今市面上在售的《咔哧咔哧山》绘本便将内容改为：狸子弄伤了老婆婆，然后逃跑了。这么改动还是比较机智的。不但保住了售卖书本的权利，读完也不会有难受的感觉。但是呢，倘若是惩罚这种程度的恶作剧，那兔子的复仇又显得有些过于执拗了。他并没有选择一击制胜的飒爽反击，而是将狸子害得半死不活，不断折磨他的心智，最后把他骗上泥舟淹死了。这手段全都是诡计，完全不符合日本武士道的做法。不过，倘若狸子行诈，还把老婆婆炖成了汤的话，那他也就活该受到如此诡计多端的执拗报复了。但，因为担心这样会影响到孩子的心理健康，甚至会惨遭禁售，所以就改成狸子仅仅弄伤了老婆婆，而兔子则反复将他囚禁在耻辱与痛苦中，最后甚至令他溺水身亡……这也有些不太合适了。本来嘛，这只狸子并无任何罪孽，只是在山中悠闲玩乐罢了。结果他突然被老爷爷捉到，于是陷入可能会被炖成狸子汤的绝望境地。为了活命，他必须孤注一掷，杀出一条血路。他使出浑身解数哄骗老婆婆，这才九死一生。虽然把老婆婆炖成汤的确罪大恶极，可是若按照眼下绘本里的写法，狸子拼命挣扎，为逃生抓伤了老婆婆——这只能体现他求生的努力。说不定，他当时只是沉浸在正当防卫之中，于是无意识地抓伤了老婆婆。我想，这也算不得什么难以饶恕的罪行吧。我家那个五岁的女儿，器量上和她父亲我很像，不妙的是，她的思维方式竟然也和我如出一辙，总是会偏到一些奇怪的方向上。我在防空洞里为她读这本《咔嚓咔嚓山》时，她竟出乎意料地说:"狸子先生真可怜呀。"

  我原本以为,这时候的女儿只是记得"可怜"这个词,所以她看到什么都一个劲儿喊"可怜",应该是希望能用这样的方式赢得她母亲的夸赞,所以我当时完全没觉得惊讶。或者,是因为我领着这孩子去附近的井之头公园逛时,她看到了围栏中一直溜来溜去的一群狸子,觉得这种动物很讨人喜欢,所以在听我讲《咔哧咔哧山》这个故事时,才会毫无理由地对狸子表现出特别的喜爱之情。无论如何,我们家这位对狸子表示同情的小成员所言,不必当真。毕竟她的思想根据太薄弱了,同情的理由也比较模糊,并不足以拿来讨论。可是,我在听到女儿这一句无心的表达后,却仿佛获得了什么暗示一般。这个孩子在什么都还不理解的前提下,只是一个劲儿地照搬了自己刚刚记在脑子里的词汇。可是,她的父亲却在听到"可怜"二字时,获得了某种启发——的确,兔子这样做是有些过分了呀!在女儿这个年纪的小孩子面前,倒还方便找些说辞来糊弄过去,但如果是更大些的孩子,那些已经接受了武士道,或者做事应该堂堂正正这种观念的孩子,在听闻这个兔子所做出的惩罚时,倘若并不觉得他的手段"十分肮脏"的话,这可就成问题了。

想到这里，我这愚昧的父亲不由得皱起了眉。

就像眼下这本绘本所述，狸子只是抓伤了老婆婆而已，结果他却被兔子坏心地反复戏弄，烧伤了后背，伤口还被涂上了辣椒，最后落得个爬上泥舟惨遭杀害的悲惨命运。这个剧情，只要是上过学的孩子们一读，立即会觉察到异样。而且，就算狸子真的罪大恶极，将婆婆炖成了汤，兔子难道不该光明正大地自报家门，然后给他来个致命一击吗？有人认为兔子是太弱小了，所以只能使用诡计，我觉得这不算什么解释。复仇就应该堂堂正正。神是站在正义这一边的。就算无法复仇，也要大喝一声"恶人有恶报"，然后从敌人的正面去进攻才可。如果双方的能力相差过于悬殊，就应该隐居山林，卧薪尝胆，一心磨炼剑术，过去的那些日本伟人几乎都是这么做的。不论发生了什么，使用诡计去将敌人玩弄致死，这种报仇的方法在日本是从未有过的。而在《咔哧咔哧山》这个故事中，兔子竟使用了这种方法报仇，实在是够不上台面。而且，不论儿童还是成人，凡是憧憬正义之人，看到这种复仇方式，也会感到不快，觉得这样做毫无男子气概吧。

请大家放心，关于这一点，我其实已经考虑过了。按照我的思路，兔子的所作所为之所以"毫无男子气概"，个中原因也非常明晰了。因为，这只兔子根本就不是男性呀，其实她只是一名年方二八的少女罢了。虽然暂时没有多少媚态，却是个美人。的确，人世间最残酷的，就是这样的女性。希腊神话中有着众多美丽的女神，除了维纳斯，就数阿尔忒弥斯这位处女之神最有魅力了。如大家所知，阿尔忒弥斯是月亮女神，她额前是一轮亮着青白色光芒的新月。阿尔忒弥斯个性敏锐且刚烈，简单说，就是一个女神版的阿波罗。人间一切恐怖的猛兽全是这位女神的仆从。然而，她的形象却绝不是野蛮且壮硕的。相反，她体形娇小纤细，手脚都十分的柔弱可爱。她的面容有种摄人心魄的美，但却与维纳斯那种"女人味"不同。她的双乳也十分小巧。阿尔忒弥斯能够若无其事地对讨厌的人做出各种残忍之事。曾有男人偷窥她沐浴，于是她便一扬手中的水，将其变作一只鹿。就只是被人偷看一眼，她就能如此愤怒。倘若是握了握她的手，那就更不晓得会遭受什么样的报复了。爱上了这样的女人，男人肯定会遭受奇耻大辱的。但话又说回来，越是愚蠢迟钝的男人，越容易爱上这样危险的女性。而他们的下场，也是显而易见的。

倘若对此感到怀疑，那就请看看这只可怜的狸子吧。狸子其实一直偷偷对这位阿尔忒弥斯式的少女兔子心怀爱慕之情。兔子呢？因为她是阿尔忒弥斯式的少女嘛，所以不论狸子是炖了婆婆汤还是单纯抓伤了婆婆，都会受到兔子恶意而狡猾的惩罚，而且这惩罚毫无男子气概。面对狸子的这种结局，我们也只能叹口气表示接受了。而且，这狸子也和世上倾慕阿尔忒弥斯式少女的那些男人一样，就算在一群狸子里也并不出色，他只是个胖平平的，整日大吃大喝的土包子。于是乎，我们很容易就能预测到他最终的悲惨遭遇了。

我们说到，狸子被老爷爷逮住，险些被炖成狸子汤。可是他还想再看一眼那只少女兔子，于是他拼死挣扎，终于逃出生天，回到了山林中。他一边口中念念有词，一边到处寻找着兔子，终于找到她后，狸子说：

"替我高兴吧！我总算捡回一条命呢！我趁着老爷爷出门，猛地抓伤了老婆婆，逃了出来！我的运气可真好呀！"

他一脸得意，唾沫横飞地讲述着自己这次逃离危机的经历。

可兔子却轻巧地蹦到一边，躲开狸子的口水，一脸轻蔑地听完他的讲述之后，道：

"我有什么好高兴的？你这样口沫横飞的，脏死了！再说了，那老爷爷和老婆婆可都是我的好朋友呢，你不知道吗？"

"是这样吗？"狸子愕然道，"我不知道呀，你原谅我吧。我要知道的话，就算把我做成了狸子汤我也愿意呀。"

狸子立即蔫了下去。

"事到如今，说这些早就晚了。我时常会去他们家的院子里玩，他们总是会给我些香软的豆子吃呢，这件事你不是知道吗？明明知道，还撒谎说自己不知道，你太过分了！现在开始，你就是我的敌人！"

少女兔子就这样对狸子下了残酷的战书。其实，这时候兔子其实已经决定要对狸子进行报复了。处女的愤怒猛烈且毒辣。尤其是在面对丑恶且愚钝的对手时，更是丝毫不留情面。

"原谅我吧！我是真的不知道呀。我绝不会对你撒谎。相信我！"狸子用不依不饶的口吻反复为自己求情，他伸长了脖子，垂头丧气。这时，树上突然掉了颗果子，他看到后立即捡起来吃了下去。紧接着又四处张望着，一边找寻其他落地的果实，一边念叨着：

"真的呀，你要是再这么生我的气，我可就想死了。"

"说什么呢？你满脑子就想着吃！"兔子无比轻蔑地扭过头，"又好色，吃相又难看！真是讨厌！"

"别在意这些了，我肚子已经饿扁了。"狸子还在四处搜寻果子，"真的，真想让你明白，我现在心里苦得很呢！"

"都说了，不许靠近我！你身上太臭了！再离我远些。你是不是会吃蜥蜴呀？我都听说了。而且，嗬，真是可笑，听说，你还吃大粪呢！"

"怎么会？"狸子无力地苦笑。但不知为何，他却也无法强硬地否定兔子这句话。于是他又十分无力地瘪瘪嘴道："怎么可能嘛。"

"别装什么有品位了！你身上的臭味简直难闻死了！"兔子轻而易举地就下了这么个严酷的结论。紧接着，她仿佛突然想到了什么好事情一样，眼中突然闪耀起光辉。她摆出一副强忍笑意的表情，重又看向了狸子：

095

"那，我这次就原谅你好了。嗯？说了不许靠近我！我才没有放松警惕呢。你快擦擦嘴角挂着的口水吧，你下巴上都湿乎乎的了。你安安静静听我说，这次呢，我就网开一面，决定暂且原谅你了。但是，我有个条件，那老爷爷现在一定非常的灰心丧气，肯定没力气进山打柴了。就让我们一起来帮他砍柴吧。"

"一起？你是说，和你一起去吗？"狸子那双浑浊的小眼睛燃起欢喜的火花。

"你不愿意？"

"怎么会！咱们今天就去，马上就去吧！"狸子喜出望外，连嗓子都哑了。

"明天再去吧！记住，明天一早。你今天也累了，而且肚子也饿了对吧？"兔子表现得十分温柔。

"太好了！我明天会带上很多好吃的，全神贯注地砍上它十大捆柴，然后送到老爷爷家去！这样，你总算能原谅我，和我做好朋友了吧？"

"你可真难缠！这也要看到时候你表现得怎么样。不过，我说不定真的会和你做朋友哟。"

"欸嘿嘿。"狸子突然发出一阵猥琐的笑声,"你这张嘴呀!我非要你服输不可!哼!我,我真的是……"他说到这儿,飞快将爬到自己嘴边的大个儿蜘蛛一舔进了肚,"我真的是不知有多么高兴!我简直想放声大哭呢!"他吸着鼻子,假模假样地哭了起来。

夏日的清晨十分凉爽。河口湖的湖面被晨雾所笼罩,氤氲着白气。此时的山顶,狸子和兔子沾了满身的晨露,正在奋力砍柴。

再看看狸子的动作,岂止是"全神贯注"?他简直就像疯了一般。"呜!""嗷!"他十分夸张地一边吼着一边拼命挥动镰刀。有时还会听到他在大声喊痛。看上去,他一心只想要把自己这副努力投入的样子表现给兔子看罢了。他狂挥乱舞地比画了一大通,然后就掏空了力气,一脸累坏了的样子,将镰刀扔到了一边。

"你快看看,我手上都磨出这么多水疱了!哎呀,火辣辣地疼!嗓子也好干,肚子也饿坏了。反正我真是干了好半天的重活儿呢。咱们不然休息一会儿吧,吃点东西吧,呵呵呵呵呵。"

狸子似乎在掩饰自己的难为情，发出奇怪的笑声。紧接着，他打开了那个巨大的饭盒。然后又把鼻子凑近那个油桶一般大小的饭盒里，又吸又啃又嚼，发出一连串的噪声。他吃起东西来倒是称得上"全神贯注"了。兔子一脸愕然，她停下了正砍柴的手，瞥了一眼狸子的饭盒。紧接着，她发出很轻的一声惊叫，用双手捂住了脸。虽然不知为何，但八成是因为那饭盒里放了些可怕的东西吧。可是，今天的兔子似乎藏着些心事，她并未像平时那样对狸子迸出些侮辱人的词汇，而是始终沉默着，嘴边还浮起一抹程式化的微笑。她只顾砍柴，面对狸子狂挥乱舞的瞎比画，她也全当没看见。就算看到了狸子那个大饭盒里的东西，吃了一惊，她也仍旧一言不发，只是缩紧了双肩，转过头继续砍柴。或许是因为今天兔子对狸子的态度格外宽容，导致狸子也喜不自禁，心想："这小丫头是不是被我努力砍柴的英姿迷住了呀！看看我这男子汉风采，又有哪个女人不爱？哎呀，吃饱了吃饱了。有点想睡觉了。"狸子做事一向随心所欲，所以他想睡就睡，眼看着就鼾声如雷了。一边睡着，一边好像还做起了梦。嘴里还念叨着什么"迷情的药，不行呀，都没效果呀"一类的胡言乱语，等他睡醒时，已经快到中午了。

"你可睡得真久。"兔子的态度仍然很温和,"我也已经砍好一捆柴了,我们这就背去老爷爷家的院子里吧。"

"哦哦,好的!"狸子大大地打了个哈欠,挠了挠胳膊,"我怎么感觉肚子又饿了。肚子这么饿,我也实在是睡不着了。我这个人真敏感。"

他一副理所当然的模样。"嘿,那我也快速将砍到的柴都归拢起来,背下山吧。反正饭盒也被我吃空了,我得赶快送完柴火,好去找吃的呢。"

他们一人背了一捆柴,踏上归途。

"我说,你走我前面吧。这附近有蛇出没,我害怕。"

"蛇?蛇有什么好怕的!让我看见了,我立即——"

他本想说"立即抓来吃掉",但是话到嘴边又咽了回去,改口道:"让我看见了,我立即杀了它。来,跟在我身后吧。"

"男人在这种时候可真是靠得住呀。"

"你别这样恭维我。"狸子得意扬扬起来,"你今天怎么这么温柔呀?温柔得简直有点吓人了。你该不会要带我去老爷爷那儿，让他把我炖成狸子汤吧？啊哈哈哈哈，那我可真受不了呀。"

"哦？你要是这么怀疑我，那就算了。我自己去吧。"

"不不，不是的。咱们一起去吧，这世上任何东西我都不怕，不论是蛇还是别的什么。但是我唯独怕那个老爷爷。因为他嚷着要把我炖成狸子汤呢，真讨厌呀，太野蛮了不是吗？反正不是什么有品位的想法。我就把这些柴背到老爷爷家门前的那棵朴树附近吧。我就只负责背过去，之后就要你来把柴送进院子里了哦。再往前我可就不走了。我一看到那老头的脸，就一肚子无名的火气。咦？这是什么声音？好奇怪啊。究竟是什么呢？你是不是也听到了？就是那个咔哧、咔哧的声音。"

"那当然了，因为这儿就是咔哧咔哧山嘛。"

"咔哧咔哧山？你说这里吗？"

"是呀，你不知道？"

"嗯……我不知道。我从来没听说过这座山叫这个名字。可是这名字也真奇怪，你没骗我吧？"

"瞧你说的，每座山不是都有名字的吗？那边是富士山，那边是长尾山，那边是大室山……你看，大家不都有名字嘛。所以呀，这座山的名字，就叫作咔哧咔哧山。你听，它不是在发出咔哧、咔哧的声音吗？"

"嗯，能听到。可是，我还是觉得奇怪。以前我可从来没听到这座山发出过什么声音呀。我就在这座山里出生，活了三十多年了，还是头一回——"

"啊！你都这么老了？你不是前一阵子才告诉我说，你只有十七岁吗？我当时还觉得，年仅十七岁脸上就这么多皱纹，腰也有点弯，挺奇怪的……万万没想到，你竟然少说了二十多岁！这么说来，你岂不是都快四十岁了？天哪，你可真能骗人！"

"不是不是，我真的只有十七岁，真的！我之所以弯着腰走路，绝不是因为上了年纪。这是肚子饿的时候自然会摆出的姿态啦。三十多年什么的，我说的是我哥哥。我哥的口头禅就是活了三十多年了什么的，于是我也就稀里糊涂地脱口而出了。这个可以说是被他传染，就是这么回事啦。你懂了没？"狸子口不择言地解释着，甚至对兔子说出"你懂了没"这样有些不客气的话。

"是吗?"兔子语气十分冷静,"不过,我还是头一回听说你有个哥哥呢。你不是总对我说'我好寂寞、好孤单哦,既没有父母也没有兄弟',还说'我这种孤单与寂寞你一定理解不了'什么的。这又是怎么回事呢?"

"是呀是呀。"狸子答道,连自己在说什么都开始搞不清楚了,"这世界呀,就是如此复杂多变呢!什么都不能一概而论。有没有兄弟这种事也是一样呀。"

"你这说的都是些什么鬼话?"兔子听呆了,"太扯了吧。"

"嗯,其实吧,我有一个哥哥。但是我一直难于启齿……因为他是个酗酒的流氓。有这么一个哥哥,太丢人了,我实在抬不起头。所以活了三十多年,啊,我是说我哥,我哥活了三十多年了,一直在给我添麻烦。"

"你这么解释也挺奇怪的,一个十七岁的人怎么会被拖累了三十多年?"

狸子已经假装没听到兔子的问题了。

"世间就是有很多一言难尽的事情呀。我现在呢,已经算是和他断绝关系,不再来往了。欸?好奇怪,怎么有股煳味儿?

你没闻到吗?"

"没有。"

"是吗?"狸子净吃些臭烘烘的东西,所以他也对自己的嗅觉没什么信心。他诧异地扭了扭脖子,"是我的错觉吗?哎呀哎呀?怎么感觉着火了?你听到了吗?有噼里啪啦、轰轰的声音。"

"那当然了。因为这儿就是噼里啪啦轰轰山呀。"

"你骗我!你不是才说过,这座山叫咔哧咔哧山吗?"

"是呀。即便是同样一座山,不同的区域也会有不一样的名字嘛。富士山的山腰腹地不是就有座小富士吗?而且大室山和长尾山也都和富士山连在一起的呀,你不知道?"

"嗯。我不知道呀。原来如此,这儿是噼里啪啦轰轰山呀,我活了三十多年,不是,这是我哥的口头禅啦,我以为这就是座普通的后山呢。啊……怎么突然热起来了?该不会要地震了吧?今天这日子,怎么总觉得怪怪的呢。呜,好热啊。啊呀!好烫好烫好烫!嗷!完蛋了!快救命呀!柴火烧着啦!烫死了烫死了烫死了!"

第二天，狸子趴在自己的洞穴里，呻吟着：

"啊啊，太痛苦了。我可能要死了。这么想来，世上还有如我这般不幸的男人吗？就因为生来有那么几分俊美潇洒，女人便自惭形秽，都不好意思靠近我。哎，天性高雅的男人还真是吃亏呢。说不定大家都以为我不好女色呢。怎么会呀，我又不是什么圣徒。我当然爱女人了。话虽如此，可女人一定都以为我是个志向高远的理想主义者，所以总对我望而却步，不来勾引我。我还不如干脆跑出去狂奔乱呼我爱女人算了。啊，疼，好疼。我这被烧伤的地方真是折磨人啊，一阵阵钻心地疼。本来以为好不容易逃脱了被炖成狸子汤的命运，这回却又不小心踏进了那个什么噼里啪啦轰轰山。我可真是倒霉。那座山太奇怪了，竟然能把柴都给点着，我活了三十多年……"他说到这儿，突然刹住，朝四周看了看，然后又继续念叨着，"我也没什么隐瞒的。我今年三十七岁了。呵，有什么问题吗？再过三年我就四十岁了。这不是明明白白、理所当然的事吗？看我这副模样不就知道了吗？哎疼疼疼……话又说回来，我活了三十七年了，在那座后山从小玩儿到大，我还从来没遇见过这么离谱的事儿呢。什么咔哧咔哧山，什么轰轰山的……这些名字本身就挺怪的。嘻，真是不可思议呀。"

狸子不解地敲着自己的脑袋，认真思索。

这时，洞外传来了小贩的叫卖声：

"卖仙金膏嘞！烧伤、刀伤、黑皮统统有神效喽！"

对狸子来说，比起烧伤和刀伤，他对治黑皮这个说法更感兴趣。

"喂，卖仙金膏的。"

"来嘞，哪位在喊我？"

"这儿呢，我在洞里呢。你刚才是说了，对黑皮也有效吗？"

"当然，抹上一天就能变白呀。"

"真的哦，嘿嘿。"狸子大喜，从洞穴深处爬了出来，"咦？你，你不是兔子吗？"

"是呀。我是兔子呀。我是个卖药的男兔子。我活了三十多年了，一直在这附近兜售药材。"

"哦……"狸子叹了口气，歪了歪头，"但是，你们这两只兔子还真像呀。你说自己活了三十多年吗？你这样子，真是不像呀。算了算了，不聊年纪的事儿了。实在无趣，又怪复杂的。算了算了。"狸子有些语无伦次地掩饰道，"话说回来，你那个药可不可以给我点儿？其实，我正在为这件事犯愁呢。"

"哎呀，您身上烧伤很严重啊。这可不行，放着不管会出人命的。"

"嘁。干脆让我死了算了。这种烧伤，算得了什么呢。比起这伤，我对我的脸……"

"别胡说了，您现在可是生死攸关呀。您这后背的伤更加严重，究竟是怎么弄成这样的呀？"

"其实……"狸子歪了歪嘴，"我昨天刚刚踏进一座叫什么噼里啪啦轰轰山这种怪名的山里，就出事儿了。真是太可怕了。"

兔子下意识地哧哧笑了起来。狸子也不明白这兔子为什么会笑，但是他没多想，也跟着哈哈哈哈地笑了起来：

"简直是太惨了。您也要多加小心，千万不能去那座山啊。

一开始呢，它是咔哧咔哧山，后来，它就变成了噼里啪啦轰轰山。那个轰轰山绝对不能去啊！会倒大霉的！所以，差不多走到咔哧咔哧山就赶紧打道回府吧，万一不小心走进了轰轰山，就会变成我这副模样了。啊疼疼疼……您明白了吗？我可都提醒您了啊。毕竟您还年轻，一定要听我这种老人的忠告呀。不不，我倒也不是什么老人……反正，千万不要掉以轻心。一定要把我这朋友的话放在心上。毕竟我可是过来人，啊疼疼疼疼……"

"太感谢了。我会小心的。这药呢，我当作听闻您忠告的回礼，就不收您药钱了。总之，我帮您把药涂到后背上吧。我来得也真凑巧，不然您可能就要死在这儿了哦。我想这可能是某种天意吧，我们真有缘分呢。"

"真有缘分。"狸子低声呻吟道，"您愿意白送我药，那就请您帮我涂一涂吧。我最近手头也很紧，毕竟爱上了女人就要一掷千金呀。您把那药膏挤到我手心里一点好不好？"

"为什么呢？"兔子有些慌乱地问。

"啊，嘻，没什么。我就是好奇，想看看这药膏是什么颜色。"

"和一般的药膏颜色一样,就是这个样子的。"兔子在狸子伸出的手掌里挤了很少的一点点。

说时迟那时快,狸子就要把药膏往脸上抹。兔子大吃一惊,她怕药膏露馅,急忙挡住狸子的手:

"啊,这可使不得!这药太刺激了,不能直接敷到脸上。使不得使不得。"

"哎呀,您放开我。"狸子自暴自弃起来,"求求您了,放开我吧。您不会明白我内心有多么痛苦的!我就是因为这副黑皮,活了三十多年,不知道受了多少白眼啊。快放开,快放开我。求您了,让我涂到脸上吧!"

狸子急得抬起腿来,一脚踢飞了兔子,以迅雷不及掩耳之势在脸上拼命将药乱抹开。

"我这张脸呀,五官什么的还是不错的,唯独这黑皮肤令我感到羞耻。不过现在可好了。呜啊!好,好痛,这药膏涂到脸上怎么火辣辣的?药劲儿真大啊。不过药劲儿不够大,倒也确实救不了我这黑脸。嗷,好痛。但是我得忍住!可恶,下次她再见到我,一定要她深深沉迷在我的俊美之中,嘿嘿嘿。她要是对我害起相思，我才不会管她！那可不是我的责任了。啊啊，火辣辣地疼啊。这药的确有效呀！来吧，既然如此，那就不论后背还是哪儿，把我全身都涂一个遍吧！我就算死也无憾了，只要能变白，疼死我也无憾！来吧，给我涂上吧！别手软，大干一场吧！"

这场面简直可以用悲壮来形容了。

然而，美丽而又高傲的处女内心饱含无尽的残忍，那心性近乎恶魔。兔子泰然自若地站起身，将辣椒炼成的膏状物厚厚地抹到了狸子的烧伤上。狸子痛得满地打滚。

"呜呜，我还能忍！这药确实有效。啊啊，好痛，快给我水。这儿是哪儿呀，是地狱吗？原谅我吧，我究竟犯了什么下地狱的罪过啊！我是因为怕被炖成狸子汤，所以才把老婆婆抓伤的，这不是我的错啊。我活了三十多年，只是因为皮肤黑，就从未被女人爱上过。再剩下就只有贪吃这一点，啊啊，就因为我贪吃，从小到大受了多少委屈！没人知道我心里的苦。我好孤独。我是个好人啊，我五官长得挺不错的啊。"狸子因为疼痛过度，开始胡言乱语起来，最终摔到地上昏了过去。

然而，狸子的不幸仍未结束。就连我这位作者，写到这儿也禁不住叹了一大口气。恐怕在日本的历史之中，也罕有人承受了如此悲惨的后半生吧。好不容易从被炖成狸子汤的命运里逃脱，刚高兴了没多久，就在噼里啪啦轰轰山被莫名其妙地烧伤，九死一生爬回自己的老巢，正歪着嘴呻吟，结果又被辣椒膏涂满了整个后背，因过于痛苦而晕厥。接下来，就到了狸子被骗上泥舟，尸沉河口湖底的剧情了。真是一桩好事都没有。这绝对算是遭了"女祸"吧。话是如此，可这女祸未免也犯得太土气了点，一点儿风情都不沾。话说狸子在洞穴里苟延残喘地过了三天，在生死边缘徘徊。到第四天，猛烈的饥饿感冲击着他，于是他拄着拐杖爬出了洞，口中念念有词，四处搜寻起食物来。那一瘸一拐的样子实在是可怜极了。然而这家伙的生命力毕竟顽强，没过十天，他竟彻底恢复了健康。食欲一如既往地旺盛，色欲也冒出了头。本来吃了苦头就应该长点记性的，可他还是傻了吧唧地跑去了兔子家。

"我又来找你玩儿了，欸嘿嘿。"狸子害羞地痴笑着。

"啊呀。"兔子脸上露出非常明显的厌恶之情，仿佛在说"怎么是你"，不，她想说的一定比这过分，应该是：你怎么还来？

真是厚脸皮。不不，应该更过分，是：啊啊，真烦死人了！这个瘟神又来了！不不不，还要更加过分，是：真脏！真丑！给我去死！

当时兔子的脸上露出的那种厌恶的神情都已经明显到了这种程度，然而不请自来的客人往往却感受不到主人对自己有多么讨厌。这种心理还真是不可思议，我希望诸位读者也能注意观察一下。当你心里非常不高兴，觉得去某个人家内心会又难受又憋屈，然后磨磨蹭蹭地出了家门，这种情况下，对方很可能意外地热情，表现出十分欢迎的态度。反之，倘若你带着一种：啊啊，他们家真是舒服呀，去他家做客简直就和在自己家里一样放松，不，简直要比在自己家还舒服呢！真是我的心灵港湾呀！这样的态度去别人家做客的话……诸位，人家多半会讨厌你，觉得你脏，对你感到恐惧，甚至还会在拉门背后的角落里竖一根笤帚①呢！期待着别人家是自己的心灵港湾，这想法本身就很蠢啊。总之，在拜访别人家这件事上，我们总会产生一些惊人的误解。所以，除非有要紧事，否则不论对方是自己多么亲近的人，也应尽量别去人家的家里打扰。如果有人对我的

---

① 在日本民俗中，门后立笤帚能让拖拉不肯走的客人早点离开。

这番劝告心存疑虑，那就看看这只狸子吧。眼下，狸子就犯了这么一个可怕的错误。兔子说了声"啊呀"，然后露出嫌恶的神情。可是狸子根本没意识到这些。他反而觉得，这声"啊呀"，是对狸子的突然来访表示惊讶和欢喜，于是忍不住发出一声少女的纯真叫喊而已。于是，他更加喜不自禁了。就连兔子紧皱眉头的模样，也被他解读成是因为自己前几日在轰轰山遭灾，兔子心疼他受了伤。

"谢谢啦。"明明对方并未说一句慰问的话，狸子反倒主动道起谢来，"不用担心我。我已经没事了。有神明罩着我呢！我运气好哇。那个什么轰轰山，就和河童屁一样无关紧要。据说河童肉还挺香的，真想找个机会吃到呀。先不谈这个，哎呀，我当时还是挺惊讶的。毕竟火烧得那么旺呢！你怎么样？看上去倒是没受什么伤的样子，亏你能平安从那场大火中逃出来呢！"

"什么平安啊。"兔子嗔怪道，"你这人也太过分了吧！当时起了那么大的火，你就把我扔下独自逃跑了。我呛了浓烟，险些丧命呢！我恨死你了！看来人一遇到危险，就会暴露本性啊。我已经看透你了，这次，真是彻彻底底看透你了。"

"对不起呀，你原谅我吧。其实我也受了很重的烧伤呢，说不定根本就没有什么神仙罩着我，我真是净触霉头了！我没想要扔下你独自跑掉，可是当时后背越来越烫，也根本顾不得去帮你啊，你能理解吗？我绝不是什么虚与委蛇的男人，我的烧伤真的很严重。而且，那个什么仙金膏还是疝气膏一类的玩意儿，那东西也差点要了我的命。那药太可怕了，而且根本不治我的黑皮肤啊。"

"黑？"

"啊，不是不是，我是说，那药膏黏糊糊的，颜色是黑的。那可真是剂猛药，有个长得和你很像的小个头，是个奇奇怪怪的卖药兔子，那兔子还说不要我的钱，于是我也掉以轻心了，想着那不如就试试，于是就试着抹到了身上。那个药啊，可真的不一般！那东西，你也千万小心一点。那东西涂到身上之后，我就感觉仿佛天灵盖里刮起一阵龙卷风一样，然后就眼前一黑，晕倒了。"

"啊。"兔子轻蔑地回答他，"你那不是自作自受吗？就因为你抠门儿，所以才会受惩罚。白拿的药你就想着不试白不试，这么丢人的事儿，你还丝毫不觉得羞耻地讲出来呢。"

"你说得也太过分了。"狸子小声道。但是他倒并没往心里去。他一副只要待在喜欢的人身边就好幸福的样子，一屁股坐了下来，然后睁着一双死鱼般浑浊的眼睛，四下找寻小虫子，一边吃虫一边说道，"但是啊，我这个人运气还是不错的。不论遭遇什么，都没丢了性命呀。看来还真有神仙护我呢！你也是呀，平安就好。我也没什么大碍，烧伤也已经好了。所以我们才能像这样悠闲聊天呢。哎呀，简直像在做梦一样。"

但是兔子呢，早就想让狸子赶快滚蛋了。她对狸子真是厌恶得想死。为了能让狸子早点离开她家，一条恶毒的计划又出现在她脑海里。

"我说呀，你知道这片河口湖盛产好吃的鲫鱼吗？"

"不知道，真的吗？"狸子眼睛放起了光，"我三岁的时候，我老妈曾经逮过一条给我吃。鲫鱼可真好吃呀。不知为何，我这人虽然不笨，我这人肯定是不笨的啦……但是像鲫鱼这种生活在水里的鱼，我总是捕不到。我就只记得它当年的美味了。那之后三十多年……啊，我这是模仿我哥的口头禅，我哥也喜欢吃鲫鱼。"

"是吗？"兔子心不在焉地接话道，"我倒是并不想吃什么鲫鱼。但你要是那么喜欢，我也可以陪你一起去捕鱼哟。"

"真的吗？"狸子喜滋滋地问道，"可是，鲫鱼那种东西可是很机敏的。我每次去逮都差点淹死呢。"他一下说漏了嘴，暴露了自己过去的丑态，"你有什么好办法吗？"

"用渔网捞就可以。听说前一阵子那边的鸬鹚岛附近聚集了特别多的大个儿鲫鱼呢。咱们走吧？对了，你会划船吗？"

"嗯……"狸子轻声叹了口气，"也不是不能划，我想划的话……"他语气苦涩地吹着牛皮。

"能划呀？"兔子其实已经听出来狸子在吹牛了，但她却故意装出相信他的模样道，"那就再好不过了。我正好有条小船，不过太小了，装不下我们两个人。而且制作那条船的时候有点偷工减料，船板很薄。一旦漏水可就危险了。我倒是无所谓，你要是遇到什么危险，那可就不合适了嘛。接下来我们就再给你也造一条船吧。木头造的船比较危险，我们用泥巴来造一条坚固的小船吧！"

"真让你费心了，我好感动，简直快哭了。我怎么就这么的多愁善感呢！"狸子一边说着，一边假模假样地哭了起来，"不然，你自己一个人造个坚固的小船吧。行吗？拜托了。"狸子一心想着偷奸耍滑，"我一定记得你的大恩，你帮我做船的时候，我就去准备点儿吃的吧。我肯定能做个好大厨的。"

"好啊。"兔子假装相信了狸子的擅自安排，直爽地点了点头。狸子暗暗窃笑，心想：世上竟然有这么单纯好骗的人！也正是这一瞬，决定了狸子的悲剧命运。愚蠢的狸子根本不知道，那个对自己的胡诌八扯表现出彻底信任的人，内心却常常暗怀着毒计。不过他只会自认运气好，兀自窃笑罢了。

两个人一道出发去了湖边，白色的河口湖平静得没有一丝波澜。兔子快手快脚地和起了泥，开始建造那条坚固的小船了。狸子则一边重复着"不好意思""让你费心了"一边蹦跳着四处寻找要添进盒饭的食物。当晚风微扬，湖面被吹起一层淡淡的涟漪时，一条黏土糊成的小船便闪着耀眼的、钢铁般的光芒下水了。

"哎呀，真不错嘛！"狸子高兴得直蹦。他赶紧先把自己那个油桶大小的饭盒放进了船里，"话说回来，你呀，还真是个手巧的姑娘。一转眼，就建好了这么漂亮的一条船呢！真是巧夺天工呀！"他拍着一眼就能被看透的低级马屁，心里想着：要是能把这么手巧能干的女人娶了当老婆，我说不定就能光靠老婆干活，自己随便吃喝玩乐了。看来，除了那层色欲，这狸子还打起了别的算盘，他甚至偷偷下定主意，准备一辈子缠着这个女人不放了。想到这儿，狸子跃身跨到了船上。

"你是不是也很会划船呀？我呀，倒也不是不知道该怎么划，我当然肯定还是知道怎么划的，不过今天呢，我想先见识见识我老婆的划船手法。"他说起话来也越发没脸没皮了。

"以前也有人说我是划船的能人好手呢！不过我今天就先躺下看看你是怎么划的吧！没关系哦，你就把我这船头和你的船尾系到一起就可以。就让这两条小船儿亲密地贴在一起，生死与共，不离不弃吧。"狸子说完了这一番既猥琐下流又装模作样的话之后，就躺倒在了泥船里。

兔子听狸子说要把两条船系在一起，心下一惊，想：这蠢货该不会察觉到什么了吧？于是她偷眼看了看狸子，却发现对方已经若无其事地露着一脸痴笑，进入梦乡了。嘴里还说着些什么"抓到了鲫鱼记得叫我起来，那玩意儿可真香呢"又是"我今年都三十七岁了哦"这一类傻乎乎的梦话。兔子冷笑一声，将两条船系到一起，然后用船桨啪一声拍打到水面上。很快，两条船便离了岸。

鸬鹚岛的松林沐浴在夕阳的余晖中，仿佛熊熊燃烧着火焰。

写到这里，请允许我稍微卖个"学问"：据说，描绘这座岛的松林的写生，在图案化之后就印在了"敷岛"牌香烟上。这件事是我从一位可靠人士那里听来的，所以大家知道了也不会有什么损失。当然，"敷岛"这个牌子的香烟现在已经没有了，所以这件事对于年轻读者来说应该挺无趣的吧。我只是卖弄了一个毫无用处的知识罢了。那些喜欢显摆自己博学的人，大多会落得这样一个尴尬的下场。嘻，也只有年龄在三十多岁，甚至更大的读者，会恍然道：哦！就是那个松林啊。然后顺带着也模模糊糊地想起以前和艺伎游玩的往事，最后顶多露出一个无聊的表情，就算给我面子了吧。

此时，兔子怔怔地望着鸬鹚岛的夕幕，喃喃道：

"哎呀，多美的景色。"

这还真是挺不可思议的。大家一般会觉得，不论多么凶恶之人，在即将犯下残忍的罪行之前，是没有那个闲心观赏山水之美的。然而，这位年方十六岁的美丽处女，却眯着眼在欣赏岛上夕阳西下的美景。这还真是"纯真与残忍只隔一层纸"啊。所以，将未谙世事的少女那种几乎令人作呕的矫揉造作误认为是青春的天真，还对之垂涎三尺的男人啊，最好小心为妙。你们所谓"青春的天真"，往往就和这只兔子一样，她们能够安然在心底拥抱杀意与陶醉，令难以名状的官能之欲胡乱纠缠作一团。那种宛如啤酒泡沫一般的东西是极度危险的。这种官能掌控伦理的状态，可以说是低能的、恶毒的。在前一段时间全世界都十分流行的美国电影中，出现了很多这一类的所谓"纯真"的男女，他们无处排遣感官上的感受，于是不断撩拨着彼此，像上了发条一样停不下来。我倒不是要在这里牵强附会些什么，但是所谓"青春的天真"，其根源大概就在美国吧。但我认为，这天真背后暗含的态度，其实是一种可以无动于衷地实施恶劣犯罪的行为。不是低能，就是恶毒。不，恶毒这种东西，起先可能也是一种低能吧。原来是低能者啊，那也没什么好说的了——到了这里，我想大家也快开始对那个身材瘦小，手足纤弱，可与月亮女神阿尔忒弥斯相提并论的十八岁少女兔子，失去兴趣了吧。

"啊呀！"脚下突然响起一声奇怪的叫喊，那是我们可爱又纯真的三十七岁男性狸子的惨叫，"进水了！进水了！大事不好了！"

"你好吵啊！这可是泥做的，肯定会沉呀。你不知道？"

"我不知道！我不懂，我理解不了！太奇怪了，你该不会是想把我……不，不可能，魔鬼才会做那种事，我彻底糊涂了。你不是我老婆吗？啊呀，要沉了！至少发生在我眼前的真相就是船要沉了呀。就算是开玩笑，这玩笑也太恶毒了！这简直是暴力！啊呀，要沉了！喂！你怎么能这样？我做好的饭不都浪费了吗？我这饭盒里可有撒满了黄鼠狼屎的蚯蚓面呢！太可惜了啊！唔呃！啊啊啊，呛水呛得停不下来，喂，求你了，别再开这种恶劣的玩笑了，啊呀呀！别把绳子剪断啊！不是说好了，夫妇二人生死与共，情缘如同斩不断的纤绳吗？啊，完蛋了！你给割断了。快救命呀！我老实交代了，我不会游泳。以前可能会一点，但是我已经三十七岁了。我浑身的筋骨都僵了，根本游不动了呀。我说实话，我确实已经三十七岁了，我比你年长很多。你得爱护老人啊！你得敬老尊贤啊！噗咳咳！啊，你是个好孩子，是吧，是好孩子，快把你手里那根船桨递过来，让我抓住呀。啊疼疼疼！你在干什么！太痛了！你为什么要用船桨砸我的脑袋！好吧，好吧，我明白了！你是想杀了我对吧？我终于懂了！"直到临死前那一刻，狸子终于看透了兔子的诡计。但一切已经晚了。

砰！唥！船桨无情地从天而降，砸在他的头顶上。狸子在洒满夕阳余晖的湖面上浮浮沉沉。

"好痛啊！好痛呀！你太过分了！我对你做过什么坏事吗？爱上你，有错吗？"说罢，狸子便咕咚一声沉了下去，再也没有浮上来。

兔子则擦了一把脸，道：

"啊呀，出了好多汗。"

讲到这里，我在想，这故事是在劝我们不应好色吗？它或许是一则滑稽故事，旨在沉痛地提醒我们，千万不要靠近十六岁的美丽处女？又或者，这故事算是礼仪规范类的教科书，它告诫我们，就算对对方有意思，也不能太过纠缠，否则就会遭受极端的厌恶，最终落得个惨遭杀害的下场？

也可能，它只是一则笑话，暗示在日常生活之中，我们往往更加依靠感觉上的好恶，而非道德的善恶，去互相辱骂、惩罚、奖赏、服从……

不不，还是不要如此着急地下这样一种评论家式的结论吧。我们就把注意力放在狸子死前所说的那最后一句话上，如何？

他说：爱上你，有错吗？

自古以来，全世界文艺作品中的悲剧主题，基本都可以归结到这句话上吧。所有女性心中，都住着一只无情的兔子。而男性则都如那只善良的狸子一样，总是在溺水的边缘挣扎。从本作者这三十多年来颇为惨烈的人生阅历之中，亦可窥其一斑。或许，你们也是一样吧。后略。

舌切雀

这本《御伽草纸》，我本想当作一件玩具，去慰藉那些帮助日本渡过国难的人，让他们在些许闲暇中获得些快乐。所以，虽然最近我身体不适，常发低烧，但还是在因公事忙碌，以及处理自家受灾后的大小事务之余，腾出空闲来，一点点将本书写了下去。《取瘤》《浦岛太郎》《咔哧咔哧山》写完之后，接下来还剩《桃太郎》和《舌切雀》，然后这本书就算写完了。不过《桃太郎》的故事已经极度符号化了，几乎成了日本男儿的象征。所以它的风格相比于故事更接近诗歌。当然，我一开始也准备按照自己的创作方法来重新改写《桃太郎》故事的。就是说，我准备为那些鬼岛上的鬼添加上一些令人憎恶的性格，如此一来，这些鬼怪就成了极恶势力，不去征讨就太说不过去了。于是乎，桃太郎的征讨行为就能唤起广大读者的共鸣了。后面的战斗场面，我准备描写得激烈精彩，让读者手心冒汗，仿佛身临其境一般（一般讲到还没动笔的作品时，很多作者都会这样情不自禁地大放厥词。其实创作过程根本不会像他们吹嘘得那么顺利）。算了，总之呢，大家先听我说吧。讲故事总要乘着兴头讲，所以希望大家先别给我泼冷水吧。

希腊神话中，最为丑恶邪佞的妖魔，就是头上长满毒舌的美杜莎了。她眉间深刻着狐疑的皱纹；小小的灰色双眸之中时时燃烧着可怕的杀意；苍白的双颊因为恫吓他人燃起的怒火而抖动着；黑色的单薄双唇因嫌恶和侮辱的态度而歪在一边。而她的每一根长发，都是腹部泛红的毒蛇。当出现敌人时，无数毒蛇会瞬间昂起头颅，发出可怕又可憎的嗞嗞声。只要见过美杜莎一眼，这个人就会产生一种难以言喻的憎恶感。而且他的心脏会瞬间冻住，整个身体化作一块冰冷的石头。比起恐惧，她给人带来的更多是一种厌恶感；比起肉体，她侵害更多的是心灵。这样一个妖魔真是最可恨的，应该趁早消灭她。

与希腊神话相比，日本的怪物都比较单纯，甚至还挺可爱。比如说古寺中的秃头妖怪，或者只有一只腿的伞怪。它们大多是跳着舞给一些喝大酒的英雄助兴，在深更半夜慰藉酒鬼寂寥心境的存在。而且，绘本所画的那些鬼岛上的鬼，也就只占了个体形庞大的优势罢了。光是被猴子抓了一下鼻子，它们就大叫一声翻滚到地上投降了，根本就不吓人。甚至还给人一种心地善良的感觉。于是乎，如此重要的驱鬼桥段就显得十分疲软。所以一定要把这些鬼岛的鬼，塑造成比那个满脑袋蛇的美杜莎还要令人厌恶的魔鬼才行。如果做不到这一点，还怎么让读者手心冒汗地去阅读呢？而且，把桃太郎塑造得太强，读者反而会觉得鬼有点可怜。这样就体现不了那种千钧一发的精髓了。就算是齐格弗里德[①]那般拥有不死之身的大英雄，脊背上仍留有一处弱点不是吗？连弁庆也是有软肋的呀。总而言之呢，那种绝对完美的强者并不适合出现在故事之中。而且，或许是我自己本身也体弱，所以我非常理解弱者们的心理。而强者的心理，我倒不太了解。而且，迄今为止，我还没遇到过哪个强者是从未吃过败仗的，甚至连听都没听说过。我是个想象力比较贫瘠的故事作者，倘若不是或多或少地经历过一些，我就连一行甚至一个字儿都写不出来。而当我在创作桃太郎的故事时，也不会让一个绝对不会失败的大英雄登场。我还是会坚持把桃太郎

[①] 中世纪德国英雄叙事诗《尼伯龙根之歌》上卷的主人公。拥有不死之身，唯脊骨是其致命处，后被刺中毙命。

创作成是一个自幼爱哭的小孩，身体也很羸弱。他生性害羞，是个扶不起来的废物。可是，当那些无比凶残的丑恶鬼怪残害了人们的精神，将人们的生活推进了永恒般绝望、战栗、怨怼的地狱中时，桃太郎虽弱小无力，仍不忍坐视不管。于是他挺身而出，带上黍饭团，向着那些鬼怪的老巢出发了。我想我就是会这样去写的。还有狗、猴子、野鸡这三只随从，它们也绝不应是什么模范好助手，而是个个都有些令人无奈的怪癖。而且有时候还会吵起架来。我大概会把它们仨写成《西游记》里的悟空、八戒、悟净的样子吧。但是，当我写完了《咔哧咔哧山》，正准备提笔开始写《桃太郎》时，我的内心突然产生一股强烈的懒惰感。干脆就让桃太郎的故事维持它单纯的模样算了。毕竟它已经不算是故事了，而是一首自古以来被所有日本人代代传诵的诗歌。不论这个故事的情节有多少矛盾之处，都不要紧。事到如今，还要硬去摆弄这首风格简洁且豁达的诗歌，简直是对不起全日本的读者。如果桃太郎是手握日本第一大旗的男子，那别说第一了，就连第二第三都没争上过的作者我，又有什么本事去描写这个日本第一的好男儿呢？我的脑中一浮现起桃太郎的那面"日本第一"的旗子，就十分干脆利落地放弃了创作"我的桃太郎故事"的计划了。

接下来，我马上开始着手创作《舌切雀》，并准备将这个故事作为这本《御伽草纸》的完结篇。不论是这篇《舌切雀》，还是前面的《取瘤》《浦岛太郎》《咔哧咔哧山》，这几个故事里都没有出现过"日本第一"的角色。所以我身上的担子也比较轻，能够自由地去创作。但是只要谈及"日本第一"，哪怕只是短暂地提了一下这个国家的"第一"，那么即便是在讲童话故事，也是不会被允许乱写的。要是外国人读到了，大概会说"什么？这还算是日本第一"，那我可就不甘心了。所以，我就在这儿再啰唆一遍，不论是《取瘤》中的两位老人，还是浦岛太郎，抑或《咔哧咔哧山》里的那只狸子，他们都绝不是什么"日本第一"。只有桃太郎才是日本第一哦，所以我才故意不去写《桃太郎》的。倘若日本第一突然站在你眼前，那你会被他的耀眼光芒闪花眼的。好啦，明白了吧？出现在我这本《御伽草纸》中的角色，既不是日本第一，也不是第二第三，里面也绝不会出现什么"代表性人物"。里面有的，只是一个姓太宰的作家通过他那愚蠢的经验和贫瘠的空想创造出来的极为平凡的角色。倘若根据这样的一些人物就去直接推算日本人的轻重，那才真是刻舟求剑，穿凿附会。我可是很重视日本的。当然，这种重视无须赘言。出于我的这种重视，所以我有意不去描写日本第一的桃太郎。也正是出于这种重视，所以我才絮叨个没完，一再表示本书中的其他角色并非日本第一。读者大概也会对我的这种略显怪异的执拗表示称赞的吧。毕竟，就连那位太阁大人都说了——"日本第一，并不是我。"

来看看《舌切雀》的主人公吧！别说日本第一好男儿了，他简直可以被称为日本第一废物男。首先，他身体羸弱。在世人的评价中，身体羸弱的男人，可要比脚力羸弱的马儿还没用呢。他总是有气无力地咳嗽着，脸色也很差，早上起来用掸子擦擦拉门上的灰，再用扫帚扫扫地上的土，他就已经筋疲力尽了。接下来的一整天，他就待在桌子边，一会儿躺下，一会儿坐起来，一副鬼鬼祟祟的样子。吃过晚饭，他又立即铺好床褥睡下了。这个男人这十来年就一直过着这种窝窝囊囊的日子。眼下年纪虽还未到四十岁，但却已经早早在自己的名字后面添了个"翁"字做后缀，而且还命令家里人都称呼自己"老爷子"。怎么说呢，或许他就是个隐士吧。但是，一般隐士多少还是有点家底才能隐于世的，如果一个子儿都没有的话，就算是想"隐"于世，这世界也会紧追不舍令你现身的，想甩都无法甩掉。我们这位"老爷子"也是一样。虽然他现在屈居草庵，但其实他本是显赫家族的第三子。不过他辜负了父母的期望，变成一个没有像样职业的人，每天过着晴耕雨读的悠闲日子。其间又染了病，于是，包括他的父母亲戚在内，所有人都已经对他彻底失望，当他是一个病弱的废物，每个月只给他点糊口钱罢了。也正因如此，他才能过上这种隐士一般的生活。即便他住在破草庵中，毕竟也是有身份的人，而如此有身份的人，却往往没什么用处。身体羸弱，这是事实无疑，但他其实还未病入膏肓到只能躺着的地步，也不至于连一件积极的工作也做不成。可是，这位老爷子就是如此的无所事事。书嘛，倒好像读了不少，但是边读边忘，而且并没和人讲过自己读了什么，就是稀里糊涂地在读罢了。光凭这一点，这人对于世间的价值也接近于零了吧。再加上，这老爷子还没有子嗣。他结婚已有十余年了，至今无后。可以说，他作为人类社会中的一分子，一星半点的义务都没有尽到。如此无用的丈夫，竟也有个陪伴了他十余年的妻子呀。想到这里，大家或许会对他的妻子产生些好奇吧？有人隔着他家草屋的墙壁偷瞧过，看了之后便大失所望：什么啊，原来就长这样？的确，老爷子的妻子是个毫无特色的女子。她肤色黝黑，眼神凶恶，粗大的双手布满皱纹。看到她那双手在身前晃荡，弓腰塌背在院子里溜达的模样，人们简直怀疑她的岁数是不是要比老爷子还大。其实，她今年刚三十三岁，正是厄年①。她原是老爷子本家的一位仆人，后受命来照顾病弱的老爷子。不知不觉，就要伺候他一辈子了。因为是仆人，所以她也没什么文化。

"喂！你快把内衣之类的脱下来放这里，我要拿去洗。"妻子语气强横地命令道。

"下次吧。"老爷子手拄在桌边，撑着脸颊低声回答。他总是用十分低沉的声音说话，不过一句话的后半截总是被他自己吞掉，于是就只能听到"啊啊"或者"嗯嗯"一类的含糊回答。就连陪他过了十几年日子的老伴，也听不清他究竟说了什么。旁人就更是如此了。反正他也和隐士无异，所以他大概根本不在乎别人究竟听不听得懂自己说话吧。他也没什么固定职业，虽然会读书，但看样子他也没准备用自己的知识去写书，而且婚后十余年来，膝下仍无子。甚至就连日常对话，他都嫌麻烦，一句话的后半截根本懒得吐出来。该说他是过分惜力呢，还是因为别的什么呢？总而言之，他这个人已经消极到了无法用语

---

① 因多灾多难而被认为须倍加小心的年龄，男人为虚岁25、42、60岁，女人为虚岁19、33岁。

言形容的地步。

"快拿给我啊，你看看你那衣领子，都脏得泛油光了！"

"下次吧。"老爷子仍是吞吞吐吐，听不清他在嘟哝些什么。

"啊？你说啥？你说清楚点。"

"下次吧。"老爷子仍旧撑着脸颊，他认真地盯着老伴那一丝笑意也无的脸看，这回终于口齿清楚地说出了下半截话，"今天太冷了。"

"当然了，都已经到冬天了嘛。不只天冷，明天后天也一样冷啊。"妻子用训斥小孩子一般的口吻说道，"这大冷天里，一个躲在家中一直挨暖炉坐着，一个总是跑到外面的水井边上洗衣服，你倒说说，这两人谁更冷啊？"

"这我可不知道。"老爷子微微一笑，回答她，"毕竟你早都在水井边上待习惯了嘛。"

"开什么玩笑！"老伴皱起了眉，"我又不是生来就为了给人洗衣服的。"

"是吗？"老爷子回道。

"快,赶紧把衣服脱了拿过来。你的换洗内衣全都在柜子里呢。"

"会感冒的。"

"那算了,随你的便吧。"老伴又气又恼地丢下这句话就走掉了。

这里地处东北,它位于仙台的郊外,爱宕山山麓,面对着广濑川的激流,隐于一大片竹林之中。众所周知,仙台这个地方自古以来就有不少麻雀。仙台笹[①]这种纹章上描绘的就是两只麻雀的图案。还有在那出戏——《先代荻》之中登场的麻雀一角,可要比名角大腕还要重要呢!而且,我去年去仙台地区旅行时,一位当地的朋友还为我介绍了一首仙台地区的古老童谣。

竹笼眼呀竹笼眼

竹笼里的麻雀呀

何时　何时　出来哟

[①] 仙台藩伊达家的家纹,是竹雀纹的俗称。

不过，这首歌已经不仅在仙台地区流传了，现在它已经成了日本全国的小孩子玩游戏时会唱的歌①。

竹笼里的麻雀呀

这一句歌词，特意把"竹笼中的鸟儿呀"限定成了"麻雀呀"。而且还自然而然地加入了东北方言"出来哟"。所以，说这首童谣是仙台地区的民谣，倒也应该没什么错。

这位老爷子家周围的大竹林里，也住着无数的麻雀。从早到晚吵得人震耳欲聋。就在这一年秋季的尾巴，某个清晨，竹林里不断响起清爽的霰雪敲打声。在草庵院子的地面上，仰面躺着一只扭了脚的小麻雀。老爷子发现后便默默将它捡起，又将它安顿在炉子旁，给它喂吃的。这麻雀的脚恢复了之后，仍逗留在老爷子的房间里游玩。虽然它偶尔也会飞到院子里，但

---

① 这是一种叫"猜猜他是谁（原文：かごめかごめ）"的儿童游戏。数人围成圆圈，让一名蒙住眼睛的人蹲在中央，大家一边唱歌，一边转圈，当问到"你身后的人是谁"，则停下来让中间的人猜出站在他身后的人是谁。

又马上会停到房檐上,啄食老爷子扔给它的食物,撒些粪便。一旦被老伴发现,她就会大喊:"哎呀!脏死了!"然后上前驱赶。

老爷子则会默默地站起身掏出怀里的纸,小心仔细地将房檐上的麻雀屎擦掉。日子久了,小麻雀也能分辨出什么人可以亲近、什么人应该躲远一些。每当老伴独自在家时,它就在院子里或是房檐下藏着。而每当老爷子出现时,它便立即飞出来,时而在老爷子头顶逗留,时而在老爷子的书桌上蹦来蹦去。它还会发出轻轻的鸣叫,啜饮砚台的水;或是藏身笔架之中,嬉闹着搅扰老爷子读书。不过老爷子一般都是一副视而不见的模样。他并不会像世上的其他一些爱鸟人士一样,给自己养的爱鸟起一些肉麻的名字,还会对着它们说什么"留米,你是不是也寂寞了呀"一类的话。无论这只麻雀在哪儿,在做什么,老爷子都是一副毫不关心的样子。他只会不时地默默抓一把鸟食,然后哗啦哗啦地撒到房檐下。

这一天,小麻雀又在老伴离开之后拍着翅膀飞到了房檐下,它在老爷子拄着手臂的桌边停了下来。老爷子面不改色地盯着麻雀看,差不多就是这时,小麻雀的悲剧徐徐拉开了帷幕。

过了一会儿，老爷子说"是吗"，然后深深地叹了口气，从桌上拿起一本书展开。他翻了一两页，然后又撑着脸颊，愣愣地望着前方。"她说，我又不是生来就为了给人洗衣服的——看来她还是有些执念的。"他低声念着，淡淡地苦笑起来。

这时，突然，桌上的小麻雀说起了人话：

"那你呢？你又怎样？"

老爷子倒也没有特别惊讶，他回答道：

"我吗？我呀，嗯，我生来是为了讲真话。"

"可是，你不是什么话都不说吗？"

"那是因为世间之人都是谎话连篇的，所以我才不屑与他们讲话。所有人都在撒谎。更可怕的是，他们自己竟然都意识不到自己在说谎。"

"你这不过是怠惰者的借口罢了。人但凡稍微有点学问，就会开始偷奸耍滑，装腔作势起来。你根本就什么都没做呀。听说有句谚语叫'自己躺着就不要支使别人'，所以，你就不要光是对别人指指点点了。"

"你这话说得倒也没错。"老爷子依然平心静气,"但是呢,我这种人也是有其价值的。看上去我似乎什么都不做,但是也并非如此。有些事只能由我来做。在我活着的这些年,不知道能不能等来真正发挥自身价值的机会,但是,一旦时机来临,我一定会大展拳脚。在那之前,我就这样沉默着,潜心读书就好。"

"这话又怎么说呢?"麻雀歪着它小小的脑袋,"明明就是个毫无干劲的窝里横,亏你还一副不服输的嚣张架势呢!你现在这样,不就是个隐居的残废吗?像你这样拖着一副病弱的皮囊,才会把时过境迁的美梦当作对未来的愿景,聊以自慰吧。也怪可怜的。你这也不算是什么气焰嚣张了,只能算是一种变态的牢骚。毕竟,你连一件好事都没做过呢。"

"你这么一说,或许的确如此吧。"老爷子变得越发沉稳冷静,"然而,我至今还是践行了一项伟业的,那就是无欲无求。这件事说来简单,做起来可是很难的。我老伴已经和我这样的人一起生活了十来年了,我本以为她总算抛弃了世俗的欲望。结果事实却并非如此。她心中的确还留有执念。我觉得她那副样子很好笑,所以才在独自一人时笑了出来。"

正在此时,老伴儿突然探出头来。

"我才没有什么执念呢！咦？你刚刚是在和谁讲话？我怎么听到有个年轻姑娘的声音？那客人现在去哪儿了？"

"你说客人吗？"老爷子还是一副含糊其词的模样。

"没错！你刚刚绝对是和谁讲话了！而且是在讲我的坏话。哼，真过分啊！你跟我说话的时候，明明总是一副含含糊糊故意说不清楚的样子。结果一和那个姑娘聊起来，嗓音竟像换了个人一样，青春极了。听上去真是又活泼又健谈呢！我看是你还有执念吧。而且简直是欲望丛生！"

"是吗？"老爷子含糊地回答道，"可是，这儿并没有别人啊。"

"你少蒙骗我！"老伴儿看上去真的发起火来了，她一屁股坐到了廊檐下，"你究竟当我是什么人啊？我忍到今天，忍了你多少年了！你呢，一直都当我是个傻瓜。的确，我这个人出身不好，也没有学问，所以可能不配和你谈天说地。即便如此，你对我也太过分了啊！我可是从年轻时起就在你家里做事，奉命伺候你。然后就和你成了两口子。你爸妈也说我是个靠得住的人，所以希望我能和你成婚——"

"瞎扯。"

"哟？我哪句话在瞎扯？我瞎扯什么了？我说的不都是实话吗？当时，最了解你脾性的人就是我，不是吗？你根本离不开我，所以我才会来伺候你一辈子的呀。你说说，我讲的这些话，究竟哪句是瞎扯？你说来听听！"老伴脸色大变，紧紧逼近老爷子。

"全都是瞎扯。你那时候根本没有执念。仅此而已。"

"你这话是什么意思？我怎么听不懂？你别糊弄我，我可是为了你，才和你一起生活的。我哪儿来的什么执念呢？你这话说得可真是够卑鄙的。和你这种人生活在一起，我一天天的有多寂寞啊，你根本就不懂。偶尔也应该对我说一两句温柔话的，不是吗？你看看别家的夫妇，不论多么穷困潦倒，一道吃晚饭时还是会开心地聚在一起聊天说笑，不是吗？我绝不是什么欲求不满的人。为了你，我什么都能忍。只是，有时真希望你能对我说一两句温柔话，光是这样，我就满足了。"

"你这些话说得真是既无聊又虚伪。我还以为你早就放弃了，没承想你还用这些俗套的手段对我哭诉，试图扭转局面？我不会中计的。你说的这些全是自欺欺人的谎话，是自私的随心所欲。把我变成如此寡言之人的，不正是你吗？说什么晚饭时的聊天说笑，你晚饭的时候不净是在对邻居评头论足吗？还满口都是恶言！而且，你总是用你那自私的随心所欲，一个劲儿地说人坏话。到今天，我还从没听你夸赞过任何人呢。我这个人内心也是很柔弱的。要是被你带得偏离正道，我可能也会忍不住开始对别人评头论足起来了。我真的很怕变成那样，所以我决定不和任何人说话。你们这些人眼里净盯着别人的缺点，根本意识不到自己有多可怕。这让我感到恐惧，也让我惧怕他人。"

"我懂了，你不就是厌烦我了嘛。像我这样一个老太婆，你早就瞧不上了对吧？我明白。那刚才的客人呢？她躲到哪儿去了？我的确听到有年轻姑娘的声音了。这也自然，你有了那么个年轻姑娘，肯定是不愿和我这样的老太婆讲话的。怎么？你不是说你无欲无求吗？不是还一脸大彻大悟吗？结果一见到年轻姑娘，还不是立即兴奋起来，连声音都变了，还喋喋不休吗？"

"既然你是这样想的，那就随你便吧。"

"随什么便啊？我问你，那客人究竟在哪儿？我得和她打声招呼吧，不然可就太没礼貌了。别看我这副德行，我也是这家的女主人呢，得由我来打个招呼呀。你如此欺辱我，未免太过分了。"

"就是它。"老爷子用下巴颏点了点那只在自己桌上游玩的小麻雀。

"啊？开什么玩笑？麻雀怎么可能会说话？"

"会说。而且说得深得我心呢。"

"你究竟要把我耍到什么程度才满意？好，你看着。"她突然伸出胳膊，一把捏住了桌子上的小麻雀，"我要把它的舌头拔了，让它再说什么深得你心的话！我看你平时就十分宠爱这只小麻雀，但我可是烦透了它的。这次正巧是个好机会，既然你放跑了那个年轻的女客人，那这只破鸟就要代替她被拔舌了。真是快活！"

说罢，她撬开了掌中那只小麻雀的嘴巴，一把将它口中那枚细小如油菜花瓣一般的舌头给拔掉了。

麻雀拍打着翅膀，远远地飞走了。

老爷子默默地远眺着麻雀飞走的方向。

从第二天起，他开始在竹林里仔细搜寻起来。

拔了舌头的　小麻雀

你究竟　住在哪儿

拔了舌头的　小麻雀

你究竟　住在哪儿

他每天都在寻找，直到大雪漫天，也没有停歇，就仿佛着了魔一般一直在竹林中寻找。这竹林里住着成千上万只麻雀，要从这些麻雀中找出那只被拔了舌头的小麻雀，简直如同大海捞针一般。然而，老爷子却异常地积极，他每天每天都在寻找。

拔了舌头的　小麻雀

你究竟　住在哪儿

拔了舌头的　小麻雀

你究竟　住在哪儿

对老爷子来说，他恐怕一辈子都没有过如此热情地为了一件事努力行动，仿佛沉睡在他心底里的某样东西突然被唤醒了。但是，那东西究竟是什么呢？作者（太宰）也不清楚。对于一个身在自己家里却如寄人篱下一般不适的人来说，那感觉或许就像是突然找到了最能令自己感到愉悦的状态一般，于是便会为之努力追寻。一言以蔽之，那就是一种爱吧。但是，比起真心和情爱这种能够用语言表达的心理，老爷子的心情或许是更加孤寂的。他一味地追寻着，这是他有生以来最为执拗的一次积极行动。

  拔了舌头的　小麻雀

  你究竟　住在哪儿

  拔了舌头的　小麻雀

  你究竟　住在哪儿

当然，他并没有一边哼唱着这样的歌，一边找寻小麻雀的下落。然而，风声却在他耳边如此啜嚅着。于是，当他一步一步踩在竹林中的雪地上时,这几句话就随之在自己胸中翻涌而出,说不清是歌词还是经文,但却和那掠过耳畔时啜嚅的风声合上了拍子。

某晚,仙台下了一场罕见的大雪。第二天天气异常晴朗,眼前的一切银装素裹,十分耀眼。老爷子一如既往,大早上套了双草靴,继续在竹林中寻找。

  拔了舌头的　小麻雀

  你究竟　住在哪儿

  拔了舌头的　小麻雀

  你究竟　住在哪儿

此时,在竹叶上那厚厚的积雪突然滑落,砸到了老爷子的头。可能是砸的地方不太凑巧,老爷子竟一下晕倒在了雪地上。在梦境与幻觉边缘,他听到各种声音在低语。

"太可怜了!是不是已经死了呀?"

"没有，还没死呢，只是晕过去罢了。"

"可是，他这样倒在雪地上，早晚会冻死的吧。"

"这倒是，咱们得帮帮他呀。真是麻烦了。要知道会这样，应该让那孩子早点现身的。她究竟怎么了？"

"你说阿照吗？"

"是啊，不知道是谁恶作剧，伤了她的嘴巴。从那以后她就一直没露过面了。"

"她在家里躺着呢。是舌头被人拔了。所以她现在说不出话来，一个劲儿地流泪呢。"

"原来如此，是舌头被拔了呀。拔她舌头的人也太恶毒了吧！"

"是啊，而且拔她舌头的就是这个老爷子的老伴呢！她其实不是什么坏人，但是那天不知为何发了一股邪火，突然就把阿照的舌头给拔走了。"

"你当时看到了？"

"是呀，太恐怖了。人类真是可怕，突然就会做出那么残忍的事情来。"

"她应该是嫉妒吧。这户人家的事我也比较了解。这个老爷子啊,太不把他老伴放在心上了。虽说过度娇纵妻子也有点让人看不下眼吧,但是对妻子那么冷漠也不好呀。而且阿照也真是的,她和那老爷子也太过亲密了吧。算了,这几位都有错在先,干脆别管他们了。"

"啊呀,你这也是在嫉妒吧?你喜欢阿照,对吧?想隐瞒也没用。你不是曾经叹着气说,论歌声阿照可是这大竹林里数一数二的麻雀嘛。"

"嫉妒?我才不会做出那么丢人的事。不过,阿照的歌声确实要比你的歌声美多了,而且她还是个美人呢。"

"你也太过分了!"

"别吵了,你们无不无聊!还是看看该拿这个人如何是好吧?要是放着不管,他肯定会没命的。多可怜啊。他究竟有多么想再见阿照一面,所以才整日整日地在这竹林寻找她呀。结果现在却落得如此下场,真是太惨了。这个人一定是诚心诚意想要见她的呀。"

"什么诚心诚意，不就是个傻瓜吗？这么一把年纪了，还在树林里面追着麻雀跑来跑去的，就是个脑子坏掉的蠢蛋罢了。"

"别这么说嘛。让他们见一面吧。阿照似乎也还想再见见这个人呢。不过，她的舌头已经被拔掉了，说不出话来了。就算我们把这个人在竹林中到处找她的事情告诉了她，她也只能在竹林深处躺着，默默地以泪洗面呀。这个人虽然可怜，阿照却更可怜呢。我说，我们就不能想办法帮帮他们吗？"

"我可不想帮。我对这种男女之间的桃色故事没什么同理心。"

"这怎么能叫桃色故事呢。是你不理解罢了。我说，就想办法让他们见上一面吧，这种事本就不能用大道理去评判嘛。"

"就是就是！这件事包在我身上了。这种事呀，没什么理由的，全靠神灵帮忙。我老爹说过，毫无理由，就是一心想要尽全力帮助他人的时候，求神拜佛是最灵验的啦。到了那时，不论什么事，神灵都会帮我们实现的。好了，大家都先在这儿等一会儿吧。我这就去求求保佑这座森林的神灵。"

老爷子醒过来时，发现自己正身在用竹子搭建的漂亮房间里。他坐起身四下张望，此时房间的拉门突然推开，一个身高两尺的人偶走了出来。

"哎呀,您醒啦?"

"是呀。"老爷子从容地笑笑,"请问这儿是哪里呀?"

"这里是麻雀旅舍。"那个和人偶一样可爱的女孩子端庄有礼地坐在了老爷子面前,一双圆溜溜的大眼睛一眨一眨地回答他。

"是嘛。"老爷子平静地点了点头,"请问,你是那只被拔了舌的小麻雀吗?"

"不是。阿照正在里面的房间躺着。我叫阿铃。我和阿照是最好的朋友。"

"是嘛。那么说,那只被拔了舌头的小麻雀,名字叫阿照?"

"是呀,她是个特别温柔的好人。您快去见见她吧。她好可怜,现在已经无法开口说话了,只能每日以泪洗面。"

"我这就去见。"老爷子站了起来,"请问她躺在哪儿?"

"我领您去。"阿铃动作轻盈地摆了摆长长的袖子,站起身,走向外廊。

老爷子走在青竹铺成的狭窄走廊上时十分小心,生怕摔倒。

"就是这儿,请进吧。"

阿铃将老爷子带到了靠内的一间房门口。这间房十分明亮。庭院中生着细小而繁茂的一丛幼竹,在那竹隙之间飞快地流淌过一泓清水。

阿照就盖着一床小小的赤色绢被躺在那里。她的面庞是比阿铃更加美丽而高雅的人偶一般的脸。只是脸色略显苍白。她用大大的双眼凝望着老爷子,然后泪珠便接二连三地滚落腮边。

老爷子盘腿坐到她的枕边,什么话也不说,一直静静地望着庭院里不停流淌的清水。阿铃则悄悄地离开了。

什么都不说,如此相对无言,也是好的。老爷子淡淡地叹了口气。但他并非出于忧郁才叹气,而是有生以来第一次感受到了内心的真正平静。是那种平静带来的欢喜之心,化作了一声淡淡的叹息。

阿铃默默地端来了酒食。

"您慢用。"她说罢又离去了。

老爷子自斟自饮了一杯酒,又继续眺望院中的流水。他并不擅饮酒,只喝了一杯便已是微醺。他拿起筷子,又从菜碟中夹了一块竹笋吃。这竹笋鲜美极了。但是老爷子也不是什么美食家,所以只吃一口便觉得满足了。

拉门再次被推开,阿铃又端了一壶酒和其他菜肴。她坐在老爷子面前。

"您再用一杯?"她劝道。

"不用了,我已经喝好了。这可真是好酒呀。"老爷子这话不是出于客套,而是下意识说出口的。

"您爱喝呀?这是竹叶上的露水。"

"真好喝!"

"欸?"

"真好喝呀!"

阿照躺在被褥中听到老爷子和阿铃的对话,脸上浮现出了笑容。

"哎呀,阿照笑了!她是不是想说什么?"

阿照摇了摇头。

"说不了也没什么，对吧？"老爷子这是第一次对阿照说话。

阿照眨了眨眼，很开心地连点了三次头。

"那么，我就先走了，之后我还会再来的。"老爷子说。

阿铃没想到这位访客竟如此平淡且随意，她一脸惊讶地道：

"哎呀，您这就要回去了？您之前不是一直在竹林里每日寻找，还差点冻死吗？今天好不容易见了面，为何连句温柔的问候都没有呀……"

"温柔话，我确实说不出来呀。"老爷子苦笑着站了起来。

"阿照，就这么让他回去了，行吗？"阿铃急忙询问阿照。

阿照笑着点了点头。

"你们两个，性子真相像呀。"阿铃也笑了，"好吧，那请您下次再来吧。"

"我会的。"老爷子认真答道。他准备走出这房子时又突然站定，问，"这里，究竟是哪儿呢？"

"竹林呀。"

"是吗？竹林中竟然有如此神奇的一座宅子呀。"

"是呀。"阿铃回答，她和阿照相视而笑，"不过，一般人是看不到的。您只需像今早那样，趴在竹林入口的雪地上，我们就能随时领您到这里来。"

"原来如此，那真是太好了。"老爷子下意识地说道，这也依然不是什么客套话，而是出自真心。他顺着青竹铺成的外廊走了出来。

在阿铃的带领下，他们再次回到了那间漂亮的厅堂。不过那儿现在摆着很多竹箱子。

"您难得过来，但我们实在没什么好招待您的，真是不好意思。"阿铃恭敬地说道，"这些竹箱中装的都是麻雀之乡的特产，您就挑一件中意的带走吧。"

"这种东西我可不要。"老爷子有些不悦地叨念，他根本不去抬眼看那些箱子，"我的草鞋呢？"

"您这样我可太为难了，请您选一件带回去吧！"阿铃的声音带着哭腔,"否则阿照知道了会生我气的。"

"不会的,那孩子绝不会生气的。我知道。请问,我的鞋呢?我应该是穿了一双破草鞋来的呀。"

"您的鞋已经被扔掉了。您光脚回去就好呀。"

"什么?这也太过分了。"

"所以,还请您挑上一件特产拿回去吧,真的求求您了。"阿铃小小的手掌合十请求道。

老爷子苦笑着看了看摆在屋子里的那些竹箱。

"这些箱子都很大呀,实在太大了。我讨厌拿着行李走路。有没有那种能揣进怀里的特产呢?"

"您这个要求实在太难做到了……"

"那我就不要了,我回去了。光脚回去也不要紧,反正我不想拿行李。"老爷子说完便真的准备光着脚走出房间了。

"您等等,请您再等等!我去问问阿照!"

阿铃急急忙忙地跑去了阿照的房间。很快,她口中衔着一

153

枚稻穗回来了。

"给您！这是阿照用的簪子，请您不要忘记她，一定要再来看看她呀。"

猛然间，老爷子醒转了过来，他此刻正卧伏在竹林入口。原来竟是一场梦吗？可是，他发现自己的右手紧握着一枚稻穗。深冬时节里是很难见到稻穗的。而且这枚稻穗还散发着蔷薇的芬芳。老爷子小心翼翼地将那枚稻穗拿回家，插在书桌上的笔筒里。

"哎呀？这是什么东西？"老伴儿正在家里做着针线活，她眼尖地发现了那枚稻穗，急忙问道。

"是稻穗。"老爷子还是那副含含糊糊的语气。

"稻穗？这时节竟然有稻穗？真是怪稀罕了。你在哪儿捡的？"

"不是捡的。"老爷子低声回答，说罢翻开一本书读了起来。

"这也太奇怪了吧？你最近总是跑去竹林子里溜达，然后迷迷糊糊地回来。结果今天也不知道为何竟一脸高兴。还带着这东西回家，装模作样地把它插到笔筒里了。你一定有什么事瞒着我！倘若不是捡的，那又是怎么得来的？你给我说清楚。"

"是我在麻雀之乡得来的。"老爷子嫌麻烦，就说了这么句话。

然而，这回答显然无法满足他那现实主义的老伴。老伴不依不饶地逼问起来。老爷子不会说谎，无奈只得将自己的神奇经历全都抖搂了出来。

"哈？这么荒唐的事，你还真好意思说出口哇！"听完他的解释之后，老伴惊讶之余发出一声冷笑。

老爷子不再回答她了，只是托着面颊，呆呆地看起了书。

"你这样胡诌八扯，真以为我会相信吗？这不是明摆着的谎话吗？我全都明白，就是前阵子，对，前阵子的那个，就那个年轻姑娘来过的那一次，从那次起，你就像变了个人。整天坐立不安，还一个劲儿地叹气，就跟陷入了热恋一样，真是没脸没皮！你都多大岁数了还痴迷这些？你想瞒也瞒不住的，我全都知道了。我问你，那小姑娘住在哪儿？该不会就住在竹林里吧？我可不会受你糊弄的。什么竹林里有个小宅子，里面住着像人偶一样可爱的小姑娘什么的。呵呵，竟用这种骗小孩儿的话来蒙我，休想！倘若你说的都是真的，那下次回来的时候，就把它们的那个什么特产竹箱子背回来一件当作证据吧！你要能拿回来，我就能相信你。拿个什么小稻穗回家，还说是那小姑娘的发簪，你可真好意思撒那种荒唐的谎话呢！干脆堂堂正正地坦白吧，我也不是什么不明事理的女人，你要是想讨一两个小妾，我也能接受。"

"我只是不喜欢拿行李。"

"是吗？真的是这样吗？那我替你去拿，怎么样？你不是说，只要趴在竹林的入口那里就行了吗？那我去可以不？你不会不愿意吧？"

"你想去就去吧。"

"哼。真是没脸没皮！明明就是撒谎，还说什么想去就去。我可真的会去哦？"老伴儿脸上露出一个恶意的微笑。

"看来，你是想要那个竹箱，对吧。"

"对呀，就是想要，那又怎样？反正我就是贪心。我想要它们的特产。那我这就出门去，我要挑一个最重最大的竹箱子背回来。嘿嘿嘿。你这傻子,我这就去拿!我真是烦透了你那副假正经的样子了,现在就恨不得把你那张伪善的假皮给剥下来!趴在雪地上就能到麻雀旅舍了,啊哈哈哈哈,这也太蠢了。但我还是会照你说的方法去做的,我这就要走了,你随后要再改口都是骗人的,我可不听哦。"

老伴停下了手里的针线活,收好物什走出庭院,踏着积雪走进了竹林。

接下来发生了什么呢?其实就连作者我,也不知道。

黄昏时分,老伴背着一个又重又大的竹箱子卧倒在雪地里,身体早已冷透。看来是由于竹箱太沉,她背不起来,于是直接冻死在了雪地里。而那竹箱里满满的都是璀璨的金币。

不知是不是托这些金币的福,老爷子后来很快就入仕为官,最后竟官至宰相。世人都称呼他为雀大臣。他之所以高居宰相,或许也是因当年对那只小麻雀付出的真挚情感获得了回报吧。但是老爷子每次听到别人的奉承,都只会淡淡地苦笑一声道:"不不,这都是托了我夫人的福。她跟着我吃了很多苦呀。"

竹青

从前，湖南省某郡，有位贫苦书生名叫鱼容。不知为何，自古以来书生都必然是贫穷的。这位鱼容君出身并不低贱，且生得眉清目秀，姿容端丽，满腹闲情雅趣。虽未到爱诗书如好美色的地步，但他自幼时起便一心于神妙学问之道。多年间专心致志、一步都未踏偏正路，却不知为何迟迟没能等到福运。他父母早早双亡，于是被迫辗转于众亲戚篱下。其间，手中钱财悉数散尽，如今亲戚也都把他当作累赘。鱼容有一嗜酒的伯父，某次酩酊之时乘兴把自家一个又黑又瘦、胸无点墨的婢女许配给了鱼容，还若无其事地对他说："结婚吧！我看你们很有缘分。"伯父如此擅自安排，鱼容十分困扰。可是这位伯父于自己又有养育之恩，所谓养育之恩似山高比海深，鱼容无法对这醉汉的无理言行动肝火，只能强忍泪水，木然娶回这年长自己两岁的瘦黑女婢。据传，这女婢甚至还是嗜酒伯父的小妾。她不但相貌丑陋，内心也十分粗鄙。她打心底里蔑视鱼容的学问，一听到鱼容念"大学之道……在止于至善"，她就会嗤笑着讽刺道："与其止于至善，不如止于金钱。或是多花些心思，止于丰盛的饭菜岂不更好？"紧接着又对准鱼容的脸，把女人的贴身衣物扔了过去，道，"喂，去把这些都洗了。你多少也得做些家务吧。"鱼容只好抱着脏衣物走向屋后的河边，口中低吟："马嘶白日暮，剑鸣秋气来。"他唏嘘自己寂寥的生活，虽人在故土，却宛如浪迹天涯的旅人，不禁心下怅惘，遂独在河边空虚徘徊起来。

"倘若这悲惨的日子如此继续下去，那我简直无颜面对列祖列宗。我毕竟也年近三十，到了而立之年。好！此时正应一鼓作气，奋起拼搏，挣得功名利禄才行！"鱼容下定决心，先回家揍了老婆一拳，然后便冲出了家门。他信心十足地赶赴乡试，却因为贫穷，长期忍饥挨饿，笔下无力，最终写出的文章语无伦次。于是果不其然，名落孙山。他只得拖着沉重的步伐，返回自己故乡那破败不堪的茅舍。一路上，他心中的悲痛简直到了无以复加的地步。走到洞庭湖畔的吴王庙时，又因为腹中饥饿，实在走不动了，于是便爬进了庙内的回廊下，翻身躺倒。他极度疲劳、精神恍惚，心中竟生出不符他读书人身份的想法，他开始诅咒人世间、哀怜自己的不幸——

"啊啊，这世间就是在逼人去受些毫无意义的苦难。如我这般，自幼时起便独善其身，研习圣贤之道。学而时习之，但却无福自远方来，只有没日没夜、无法忍受的屈辱相陪。我鼓足了勇气去考乡试，结果却铩羽而归。看来这世界上只有厚颜无耻的恶人如意，如我这般文弱贫寒的书生永远都是败者，只有受人嘲讽的份儿。打了老婆又潇洒离家倒是一时解恨，可眼下考试落榜再回去，不知道会被那婆娘臭骂成什么模样。啊啊，不如一死百了吧……"

想到这里，他眯起眼看到天上飞过的一群乌鸦，于是喃喃道：

"群鸦不分富贵贫贱，真是幸福啊。"

说罢，他闭上了眼。

湖畔的这座吴王庙，供奉的是三国时代吴国的将军——甘宁。人们尊称甘宁为吴王，将他视为保护水路安泰的守护神。

由于异常灵验,所以湖上往来船只路过此庙,掌舵人必会祭拜。庙旁林中栖息着乌鸦数百,一见舟船驶来,便振翅齐飞,高声鼓噪,绕着船帆桅杆翻飞戏舞,船夫皆视之为吴王的使者,对它们敬爱有加,常抛些羊肉片给它们吃。群鸦见有肉,便立即飞来衔走,从未扑空过。落第书生鱼容望着群鸦使者在天空愉快盘旋的模样,心生艳羡,悲哀地轻叹:"乌鸦真幸福呀。"而就在半梦半醒之间,有个黑衣男子将他摇醒。

鱼容还未完全清醒,迷迷糊糊地说:

"啊,实在抱歉,请您不要责骂我。我不是什么可疑之人。请您允许我在此处稍歇息一下吧。请您千万不要责骂我。"

鱼容从小在斥责声中长大,所以生性怯懦,一看见什么人就下意识觉得对方要来叱骂自己。此时,他仿佛呓语般一边不停地叨念着"抱歉,抱歉",一边翻了个身,再度闭上眼。

"我没有责骂你,"那个黑衣男子用一种奇特的嘎哑嗓音说,"是吴王大人派我来的。他说既然这个人如此厌弃凡尘,羡慕乌鸦的生活,那也正好。现在黑衣队伍正缺一个位置,那就把你招进来补充空位吧。来,快将这身黑衣穿上。"说罢,他便将一件薄薄的黑衫轻轻盖在了正睡着的鱼容身上。

　　转瞬,鱼容就化身成了一只雄鸟。他眨眨眼坐起身,在廊外的栏杆处驻足,用嘴巴整理了一下羽毛,遂张开双翅,不甚熟练地飞了起来。眼下,夕阳的余晖正洒满湖畔往来的舟帆之上,鱼容混杂于数百只鼓噪着享用肉片的神鸦之中,忽而飞向左,忽而又向右,用嘴熟练地接住船夫抛上来的肉片,很快,他生来第一次体会到了吃饱饭的滋味。于是,他又飞回到岸边的林木中,栖息于树梢之上,用鸟嘴蹭蹭树枝,又环视着水波盈盈的洞庭湖上那洒满金色余晖的风景,不由找到些君子坦荡荡的情怀,于是大声诵道:"风翻白浪花千片……"

　　"请问……"耳畔突然响起一个娇艳可爱的女声,"您还满意吗?"

　　鱼容定睛一看,说话的是一只和自己一道栖于树枝上的雌乌鸦。

　　"哦,冒犯了。"鱼容对她作揖道,"我是因为能像这样远离泥泞尘嚣,故而感到身轻自在,请您不要责骂我。"鱼容又顺口说出了这句口头禅,其实加上这句话纯属多余。

"我明白，"雌鸦十分恬静地回答他，"您至今已吃过不少苦头了。我都清楚。不过，从今往后您就再也不必如此辛劳了，因为我会陪伴您的。"

"冒昧问一句，您是？"

"哎呀，我吗？我只是个伴您左右的人罢了。您有何吩咐，我都会照办的。您这样想就可以了，怎么，您不愿意吗？"

"当然不是不愿意，"鱼容有些狼狈，"不过在下已有妻室。君子怎可用情不专。您这样说，岂不是有意将我诱上邪路吗？"鱼容努力摆出明辨是非的态度。

"您这样说也太过分了。难道您以为我是出于轻浮好色的心态，才有意来同您搭话的？您怎能如此看我？其实，这都是吴王出于一番好意，想要慰劳您，所以才派我来侍奉您的。您已经不再是人了，自然也可以忘记您在人间的妻室了。或许您的夫人是一位极其温柔的女性，但我也将尽心尽力地侍奉您，绝不会逊于她的。我会让您明白，乌鸦的节操要比人类更加端正且高尚。所以，就算您不愿意，也请您允许我陪伴在您身边吧。我名叫竹青。"

鱼容深受感动,道:

"谢谢。其实,在下在人间曾经遭受了许多不公的待遇,所以变得这般多疑。故而没能坦率地接受您的好意,还请您原谅。"

"哎呀,您说话为何如此客气,太见外了。从今天起,我就是照顾您的人了。那么,老爷您现在是否想去饭后散个步呢?"

"嗯,"至此,鱼容也颇为从容地点了点头,"请你来带路吧。"

"那请您跟上我。"竹青说罢,便扑棱棱地起飞了。

秋风瑟瑟轻抚着羽翼,洞庭烟波尽展于眼下,远望便是岳阳楼的瓦茸,它们被绚烂的落日染红。再一转眼,君山宛如玉镜上一抹惹人怜爱的黛翠,又恍若湘君的婀娜身姿。一身黑衣的新婚夫妇声音嘎哑地鸣叫着,一前一后,无忧无虑,随心所欲地飞翔着。飞得累了,便驻足于归航船只的桅杆之上,休憩羽翼。他们相视微笑,直到太阳下山。两人又并肩欣赏起洞庭的皎皎秋月,随后飘然归巢,互相交叠起双翅,依偎着入眠。待到清晨,他们又比翼齐飞,用洞庭湖的水灌洗身体,清漱嘴巴。见有靠岸的舟船,便飞过去享用船夫奉上的早餐。竹青做了新娘,尚纯真羞涩,始终陪伴在鱼容左右,如影随形,极尽温柔地照顾着他。落第书生鱼容，也总算得以一扫自己前半生的不幸了。

那日午后，已经彻底成为吴王庙神鸦中一员的鱼容，正和大家一道，在往来渔船的桅杆上嬉戏。此时，突然开过来一艘满载士兵的大船。同伴纷纷感受到了危险，匆匆飞走。竹青也大声鸣叫着发出警告，然而鱼容尚且沉浸在成为乌鸦能够自由飞翔的快乐中，依旧得意地盘旋在那艘装满士兵的船顶。其中一个士兵恶作剧般"咻"地向天放出一箭，顷刻，那箭便洞穿了鱼容的胸口。正当他如落石般下坠时，竹青急如闪电一般迅速飞来，衔住了鱼容的翅膀，将他扶起，一直带到了吴王庙的廊下。她将濒死的鱼容放在地面上，流着泪拼命地抢救鱼容。可他毕竟伤势过重，生命已无法挽回。见状，竹青发出一声凄厉的悲鸣，她聚集起数百只乌鸦，大家同时扇起翅膀，袭击那艘大船，还用翅膀击打水面，在湖上激起轩然大波。很快，那艘船便被巨浪吞没，鱼容的大仇得报。一大群乌鸦在湖面上高唱凯歌，声音震耳欲聋。竹青立即返回鱼容身边，用喙轻轻蹭着鱼容的面颊，哀恸地对他说：

"您听到了吗？您听到同伴为您唱响的复仇凯歌了吗？"

鱼容的伤口剧痛不已，几近气绝。他已什么都看不清了，拼尽全力只能将眼睛睁开一点。

"竹青。"

他小声呼唤着。忽然之间，他醒转了过来。发现自己仍是个人类，而且仍是一副穷困书生的模样，在吴王庙的回廊之下躺着。火一般的斜阳将眼前的枫林染红，在那儿，有数百只乌鸦自在地鸣叫，嬉闹。

"你醒了？"一个农夫装扮的老人站在他身旁，笑着问他。

"请问，您是哪位？"

"我是住在这附近的百姓。昨天傍晚时我路过这里，看到您躺在地上，睡得死沉，脸上不时还露出微笑。我当时大声喊您，您根本不醒。我又抓着您的肩膀，想把您摇醒。您仍旧睡得很熟。后来我回到家，还是有些担心，所以再三折回来看看您，在这儿等着您醒过来。我看您脸色不太好，是不是病了？"

"不，我没有病。"鱼容自己也感到不可思议，他的肚子竟一点都不饿，"实在抱歉。"他又顺口道起歉来。他坐直了身子，再次向农夫行了个礼，"说来惭愧……"他老老实实地向渔夫解释了自己为何会倒在这座吴王庙的回廊里。然后又再次道歉，"如此这般，实在是不好意思。"

农夫听罢十分同情鱼容，于是从自己的怀中取出荷包，拿了些钱给他，道：

"塞翁失马，焉知非福啊。请您一鼓作气，再图大业吧！人生七十载，总会遇到各种各样意想不到的事，所谓命运翻覆一如洞庭波浪嘛。"渔夫留下这一番坦率的激励之词后便离去了。

鱼容仍似在梦中一般。他呆呆地站着，目送农夫远去后，转过身仰望枫林梢头的那群乌鸦，大喊：

"竹青！"

一群乌鸦受到惊吓，哗啦啦飞起来。随后又闹喳喳地在鱼容头顶盘旋了片刻，很快向着湖的方向飞远了。之后并未再发生什么特殊的情况。

那果然只是个梦啊。鱼容悲戚地摇了摇头，沉重地深叹了一口气，有气无力地向着家乡归去。

家乡的人们见到鱼容后，并没露出什么欣喜的表情。他那冷酷的妻子更是立即命令鱼容搬石头到伯父家的庭院里。鱼容汗流浃背地将河滩上的大石又推又拽又扛，一路运到了伯父家。"贫而无怨难啊……"鱼容叹息道，紧接着又说，"朝闻竹青声，夕死可矣。"想起和竹青在洞庭那一日的幸福生活，鱼容怀念不已。

子曰：伯夷叔齐不念旧恶，怨是用希。我们这位鱼容君毕竟也是一位志向远大、崇尚君子之道的书生。所以他并不会去憎恶毫无情意的亲戚们，也不会忤逆胸无点墨的妻子。他只会一心扑在古书之上，陶冶自己的闲情雅趣。不过，他终究还是无法再忍受来自周围人的蔑视，三年后的一个春天，他再次揍了老婆一拳，大喊一声："你们等着我功成名就吧！"然后怀揣青云之志，再次冲出家门赶去考试。结果依然落了榜。这一回，他可彻底成了个没用的傻书生了。回乡途中，他再次来到那充满回忆的洞庭湖畔。鱼容站在吴王庙前，望着熟悉的风景，悲伤之情被放大了千倍万倍。他在庙前放声大哭，又从怀中掏出用所剩无几的银两换来的一些羊肉，撒在庙前供神鸦从树上下来啄食。他望着那群啄食羊肉的乌鸦，心想：竹青应该就在这群鸟儿中间吧！可是天下乌鸦一般黑啊，鱼容根本连雌雄都分辨不出，更别提认出竹青了。

"请问你们哪一只是竹青呀？"鱼容如此问道。可庙前的乌鸦却没有一只回头看他。所有乌鸦都在专心捡着肉吃。鱼容还未放弃，又问：

"如果竹青就在其中，那一定会留到最后的吧？"他万千的思慕之情全都汇聚在了这句话中。渐渐地，肉快被啄食没了，大部分乌鸦三五成群地飞走了。最后只剩下三只仍在仔细寻着剩肉。鱼容看到这一幕，不禁心跳加速，连掌心都捏着一把汗。可是待到肉全都啄食没了，最后的那三只也毫不犹豫地扑棱棱飞走了。鱼容一时间脱了力，感到一阵眩晕。但他仍不愿就此离去。于是他坐在庙宇回廊上，远眺着春霞氤氲的湖面，叹息道：也是，我已两次落第，又有何颜面再回故里？活着已经没有什么意义了。我听说，春秋战国时期的屈原曾疾呼：众人皆醉我独醒，然后举身投江。倘若我今天也跳进这充满往昔回忆的洞庭湖身亡，或许竹青看到了，还会为我流泪呢。这世上只有竹青是真心爱我啊。剩下的所有人，都是心怀贪念的恶鬼罢了。三年前，那位老者曾激励我说：人生如塞翁失马，焉知非福。其实那都是谎言，对于生而不幸的人来说，不论挨过多少年月，他们都只能在那个不幸的深渊之中挣扎。这恐怕就是所谓知天命吧。哈哈哈，我死了，竹青会为我哭泣，这就足够了。我已不再有其他奢求了。

一向潜心研究自古圣贤之道的鱼容，也无法承受失意的哀愁。他决定今晚就死在这洞庭湖中。很快，黑夜降临。一轮散发着清辉的满月升上天空，洞庭湖白茫茫一片，分不清天空与湖水的界限。岸旁的平坦沙滨亮如白昼，柳枝沾满湖水蒸腾的雾霭，重重地下垂着。远眺可见桃园中千朵万朵的桃花密如霰雪般盛放。不时掠过一阵微风，那风声仿若天地之间的一声叹息，春日的良夜如此安宁娴静，一想到这便是在这世上所见的最后一幕，鱼容忍不住泪满衣襟。又不知从何处传来一声悲戚的猿啼，将鱼容的愁思带向了顶峰。正在此时，他突然听到背后传来拍动翅膀的声音。

"别来无恙呀。"

鱼容转过身，一个二十岁出头的美丽女子正沐浴在月光之中，对他嫣然笑着。

"实在抱歉，您是哪位？"鱼容还是下意识先向对方道歉。

"您可真是……"女子轻轻拍了拍鱼容的肩,"您已经把我竹青忘记了吗?"

"竹青!"

鱼容吃惊地站起身,他踌躇片刻后,突然豁出去了一般,抱住了美丽女子那细弱的双肩。

"您快松手,我简直要喘不过气了。"竹青微笑着,巧妙地逃脱开了鱼容的双手,"我哪儿都不去了,会一生陪伴您左右的。"

"求求你!求求你不要离开我。我因为寻不到你,已经决定今晚投湖自尽了。这之前你都去了哪里呀?"

"我在遥远的汉阳呀。自从与您分别,我便离开了这里。现在我已经是汉水的神鸦了。刚才,是我的一位旧友前来告知,说是在吴王庙看到您了。所以我才匆忙从汉水飞了回来。您爱的竹青,已经赶赴您的面前,所以,请不要再想寻死的事了。您似乎又清瘦了一些啊。"

"我已经两次落第,自然更瘦了。真不知就这样回去故乡会遭受什么可怕的事,所以我已经彻底厌恶这世间了。"

"这是因为,您一直坚信故乡才是您的人生归宿,所以才会如此痛苦。可书生不是经常诵道:人间处处青山在嘛。您和我一道去一趟我在汉阳的家中吧。到了那儿,您一定能体会到活着是一件多么幸福的事了。"

"汉阳呀,那可真远。"二人互相没再说什么客套话,肩并着肩走出了庙堂的回廊,在月下的湖畔徜徉。"古人云:父母在不远游,游必有方呀。"鱼容又是一副认真的表情,一如既往地抖搂着自己的学识。

"您在说什么呀,您的父母不是都已经过世了吗?"

"哦,原来你都知道了。不过呢,我家乡还有很多长辈亲属,我无论如何都想让这些人看看我功成名就的英姿呀。那些人以前可一向欺我是蠢材呢。对了,与其一道去汉阳,你不如先同我回一趟我的家乡吧。我想让人家看看你是多么的美丽,吓他们一跳。好吗?就这样决定了吧。我真想在我那些故乡的亲戚面前,肆意地逞一回威风呀!在我看来,能获得故乡那些亲戚的尊敬,就是我作为人类最大的幸福,也是终极的胜利呀。"

"您为什么那么在意故乡人的想法呢?满脑子都是为了获得故乡之人的尊敬才去拼命努力,这样的人不就是所谓乡愿①吗?《论语》中曾说过:乡愿,德之贼也。"

鱼容被说得哑口无言,遂自暴自弃道:

"好吧,那咱们走吧,去汉阳!请带我去汉阳吧!逝者如斯夫,不舍昼夜呀。"

为了掩饰自己的羞赧,鱼容还念了一句极为唐突的诗句,然后还哈哈笑着自嘲起来。

"您真的愿意与我同去吗?"竹青欢欣雀跃起来,"哎呀,我太高兴了。为了迎接您,我已经将汉阳家中都打点好了,请您闭上眼睛吧。"

鱼容听从竹青的吩咐,轻轻闭上了眼。于是他耳畔便响起拍打羽翼的声音。随即,他感觉自己的肩头仿佛披上了一层薄衣,整个身子都变得轻盈。再睁开眼时,他与竹青二人已经化身为雌雄两只乌鸦,在月光照射下,伸展开美丽的漆黑羽翼,于沙滨上迈开几步,又嘎哑地鸣叫两声后,便一道飞了

---

① 指看似忠厚却毫无道德原则的伪君子。

起来。

月下是闪着白色光芒的三千里长江，正洋洋洒洒向着东南方奔流而去。鱼容痴迷地望着这一幕，他们顺着流水的方向大概飞行了两个时辰，天色逐渐泛起微光，已经能够眺望到那遥远的前方，汉阳的房舍屋瓦正在朝霭之下静静沉睡着。飞近一些，便见"晴川历历汉阳树，芳草萋萋鹦鹉洲"。对岸耸立着黄鹤楼，它与晴川阁隔江遥望，似在彼此叙着旧。帆影点点，在江上往来匆匆。更有大别山的高峰尽展于眼下，山脚下漫漫盈着月湖，向北方看去，汉水蜿蜒奔腾，直向天际而去。"东方威尼斯"尽收眼底。

"日暮乡关何处是？烟波江上使人愁。"鱼容陶醉地念着这句诗，此时，竹青回头道：

"来，我们已经到家了。"说罢，她便悠然绕着汉水之中一片小小的孤洲，盘旋而下。鱼容也学着她的动作，绕着圈地盘旋，他低头望着脚下的孤洲，绿杨浮于水中，嫩草茵茵如烟。在孤洲一隅，有一座美丽而又小巧的楼舍，就仿佛人偶住的小房子一般。此时，从家中走出五六个仆人，远看只有黄豆大小，他们仰望着天空，挥手欢迎鱼容的到来。竹青用眼神示意鱼容，随即收拢羽翼，径直瞄准家的方向俯冲下来。鱼容也紧随其后。两只鸟儿一落在青草地上，便化为公子和丽人。二人相视微笑，在迎接者的包围下向那栋精致气派的房舍走去。

鱼容被竹青引着向内室走去。内室十分昏暗，桌上的银烛正悠悠吐着青烟，垂帘由金丝银丝编成，闪着柔和的光。睡床上摆了一张红色的小几，其上堆满美酒佳肴，似乎从数刻之前就在等待客人光临。

"天还未亮吗？"鱼容问了句傻话。

"哎呀，您真讨厌。"竹青微微红了脸，紧接着又小声说，"光线昏暗些，就不会太害羞了。"

"君子之道，暗然而日章，是吗？"鱼容苦笑一声，说了这么句毫无意义的俏皮话，"不过，古书上也提到过：素隐行怪①，所以就让我们快活地打开窗，饱览汉阳春色吧！"

说罢，鱼容便拉开了垂帘，将窗户推开。清晨那金黄色的光芒泼洒进来，庭院内桃花缤纷，群莺婉转歌唱，十分悦耳。远方，汉水的细波正在朝阳的照射下雀跃地欢跳。

---

① 意指身居隐逸的地方，行为怪异。

"哎呀，景色真美呀。真想让我那远在故乡的妻子也见见这美景。"鱼容不经意地说道。随即，他被自己这句话惊住了。事到如今，难道我还爱着我那丑陋的妻子吗？他扪心自问，忽然又不知何故，很想哭泣。

"果然，您还是忘不掉您夫人呀。"竹青在他身旁痛心地说道，旋即淡淡叹了口气。

"不不，不是这样的。我妻子从未尊重过我的学识，常支使我去洗些脏衣物，还催我去搬运庭院中的石头。而且，传闻她还是我伯父的小妾。总之，她是个毫无长处的女人。"

"您明明说她毫无长处，可是您仍旧怀念她，惦记着她，不是吗？您的心底里一定就是这样想的。所谓恻隐之心，岂不是人人有之吗？看来，您真正的理想，就是对您的夫人不憎、不怨、不咒，一辈子和她同甘共苦，对吧？请您立即回去吧。"

竹青态度一变，表情严肃，话说得也很干脆。

鱼容狼狈极了，他抗辩道：

"你怎么能如此对我？是你先来邀请我的，如今又赶我走，太过分了。你不是还攻击我的人格，说我是什么乡愿，劝我放弃回家的决定吗？你这样简直就是在玩弄我呀！"

"我本是神女，"竹青直直地远望着波光粼粼，不断奔流的汉水，语气更加严肃道，"你虽然在乡试中名落孙山，但是却通过了神的考验。吴王庙中的神明为了判断你是否真的羡慕乌鸦的生活，于是便派我去你身边观察。一个化为禽兽才能感受到真正幸福的人类，是神灵最为厌烦的。神灵是为了惩罚你，所以才让你被弓矢所伤，将你逐回人间。可你却再次祈求回到乌鸦的世界。于是，神又让你远行，赋予你各种各样的快乐，测试在这样的情况下，你是否会沉溺享乐，彻底忘记人间。倘若你真的忘了，那么给你的惩罚将极度可怕，可怕到我无法说出口。所以你请回吧。你已经受住了神明的考验。人类的一生，必须要在爱憎之中受苦。没有人能够逃脱，只能拼命忍耐。积极求学自然是好的，但是一味追求脱俗就很卑怯了。希望你更爱惜这俗世，愁叹这俗世。一生都沉浸于俗世之中吧！神灵最爱的就是这样的人。我已经让仆人准备好船只了，请你乘上这船，立即回到你的故乡去吧。永别了。"

话音刚落，竹青、楼舍、庭院便统统消失了。只剩鱼容呆立在河流里的沙洲之上。

此刻，一艘既没有帆也没有舵的小舟漂了过来，鱼容仿佛被什么吸引着一般不由自主地走上船。那小舟便自行漂过汉水下游，回溯长江，横穿洞庭，最后停在了离鱼容故乡不远的一片渔村岸边。鱼容一走上岸，那条无人的小舟便自行掉转，很快消失在了洞庭湖浩渺的烟波之中。

鱼容沮丧到了极点，他战战兢兢地走回家，从家门口悄悄探头望向昏暗的房内。

"哎呀，您回来了！"屋中之人嫣然一笑，迎了出来。看到她的脸，鱼容大为震惊，这不是竹青吗？

"啊？竹青！"

"您说什么呀？您这阵子究竟去哪儿了？我因为在家等您，生了场大病，发了可怕的高烧，没有一个人来照顾我。一天天过去，我越来越想您。我真是后悔极了，自己一直以来竟待您如此轻蔑，我实在是大错特错。您知道我盼您回家，等得有多苦吗？我高烧一直不退，结果全身都肿胀成了紫色。我想，这也许是在惩罚我吧，因为我一直粗暴地对待您这样的好人。我以为自己就要这样病死了，于是静静地等待着。可是我肿胀的皮肤后来又都破裂开，流出很多绿色的液体，我突然感觉身体十分轻盈。今早揽镜一照，发现自己的脸竟变得如此美丽。我实在太高兴了，一瞬忘了病痛，立即从床上爬起身，开始洒扫庭除。紧接着您就回来了！我真是太高兴了呀！请您原谅我吧。我不但面容变美了，整个身体都变了，甚至连我的心也变了。以前都是我不好。但是，过去我做过的那些恶事，已经都随着那些绿色的液体流干净了。所以，也请您不计前嫌，原谅我吧。请您允许我一生陪伴您左右。"

一年后，鱼容的妻子生下了一个如珠玉般俊俏的男孩。鱼容给这孩子起名"汉产"。这名字的由来，就连最亲近的妻子也不明白。和神鸦的回忆将被鱼容深埋心底一辈子，他不会和任何人提起。而且，从那以后，他也再不将以前引以为豪的"君子之道"挂在嘴上，只是每日默默地过着平静的清贫日子。虽然他的亲戚仍旧一如往昔，并不尊重他。但是他也不再放在心上，他以极为平凡的一介农夫之身，度过了被俗尘所掩埋的一生。

自注：这是我的一篇个人创作。因为想让中国的读者读一读这个故事，所以便写了下来。我希望它能够有汉译本。

维庸之妻

一

玄关传来一阵胡乱的脚步声,我从睡梦中惊醒。我知道,一定是喝得烂醉如泥的丈夫在这深更半夜回家来了。于是我一言不发,就那么躺着。

丈夫拉亮了隔壁房间的灯,"呵!呵!"地大口喘着骇人的粗气。他拉开桌子的抽屉,又把书箱的抽屉也拉开,翻箱倒柜,似乎是在找什么东西。最终,只听他沉沉地跌坐到了榻榻米上。然后就只剩"呵、呵"的乱喘声。我不知发生了什么事,于是仍躺着同他搭话道:

"您回来了。已经用过晚饭了吗?橱柜里还有些饭团。"

听我这么讲，他回道：

"哟，谢谢了。"

语气竟要比平日温柔许多。接着他又问：

"孩子怎么样了？烧已经退了吗？"

这也着实是件稀罕事。儿子明年就四岁了，但不知是因为营养不良，还是因为丈夫本就酗酒，抑或是染了什么病，儿子比别人家两岁大孩子的身形还要小一些，步伐也不大稳当。说起话来充其量也只会咿咿呀呀些"好吃、不要"，周围人都觉得他可能脑子有些问题。我带着这孩子去浴场，脱光了他的衣服给他冲洗。可是看到这孩子如此孱弱瘦小，我突然一阵揪心，当着众人的面哭了出来。而且这孩子三天两头就要坏肚子，发高烧，丈夫又很少回家，根本不关心孩子。就算我告诉他孩子发高烧了，他也只会说"哦，是吗？那带去看医生不就好了吗？"然后就匆匆披上外套又出了家门。可我就算想带孩子去看病，也拿不出钱来。所以只能陪着他睡下，默默地用手摸着他的额头，再没有什么旁的法子了。

然而，那天晚上不知怎的，丈夫异常温柔，还罕见地问我孩子的烧是否好些了。可我却丝毫没有幸福的感受，只觉得毛骨悚然，后背连连发着寒气。我不知该如何回答他，只好沉默不语。又过了片刻，我只能听到丈夫剧烈的呼吸声，紧接着——

"打扰了。"

一个细细的女声从玄关那儿传来。我仿佛被当头浇透了冷水，恐惧至极。

"打扰了，大谷先生。"

这次女人的语调变得尖厉起来，与此同时，还响起玄关门被推开的声音。

"大谷先生！您在家吗？"

这次，声音已经明显带着怒气。

丈夫似乎这时才迎到玄关：

"怎么？"

丈夫的声音听上去战战兢兢，傻乎乎地回复道。

"什么怎么？"女人的声音压低了一些"您住着这么像样的宅子，竟然当小偷？这是怎么回事？快别开这样恶劣的玩笑，把钱还给我。不然的话，我现在立即去报警。"

"你说什么呢？不可以这样血口喷人。我家可不是你们该来的地方。快去！你要是不走，我就先去警察局告你！"

此时，另一个男人的声音响起来。

"先生，您好大的胆子，竟然说什么'不是你们该来的地方'。真是让我大吃一惊哦。但这次不同以往，别人的钱，您可不能说拿就拿啊。开玩笑也要有个限度。到今天，我们夫妻因为您吃了多少苦头，您不知道吗？结果还发生今晚这般荒唐事，先生，我可真是看错您了。"

"你们这是勒索！"丈夫摆出一副盛气凌人的架子来，声音却在发抖，"是恐吓！快滚！有什么抱怨明天再说。"

"说得真过分啊。先生，您已经是个大恶人了。看来我们除了去报警，再没别的办法了。"

那句话听得我起了一身的鸡皮疙瘩，打从心底里产生一种前所未有的憎恶感。

"随你们便！"丈夫的叫声极尖，听上去空洞且无神。

我坐起身，在睡衣外披了件外套，走到玄关招呼那两位客人道：

"欢迎啊。"

"啊呀，是大谷夫人吗？"

眼前的男人五十来岁，圆脸，穿着一件长度及膝的短袖外套。他没有笑，只是对着我稍点了一下头示意。

那个女人四十岁左右的样子，身形瘦小，穿着十分整齐。

"这么晚，打搅您了。"

女人这样说着，但脸上一样毫无笑意，只摘下了披巾对我行了行礼。

正在此时，丈夫突然踩上木屐，飞也似的冲了出去。

"哎呀，这可不行！"

男人一把抓住丈夫的一只手腕，两个人瞬间扭打起来。

"放开我！不然我要捅你了！"

丈夫右手拿着的大折刀正闪闪发光。这把刀是丈夫的心爱之物，之前应该是收在他桌子抽屉中的。原来刚才他回到家就开始到处翻找，是因为预想到会发生这种事，所以提前把折刀翻出来揣在了怀里。准是这样没错。

男人后缩了一下，丈夫趁机像个乌鸦一样抖起他外套的衣袖，逃了出去。

"小偷！"

男人大声喊着，正要去追，我光着脚跑出去一把抱住了他。

"请您放他一马，可不能有人受伤呀！后面的事，交给我来处理吧。"

听我这样讲，一旁那个四十岁左右的女人也说：

"是呀，那人可是个疯子，还拿着锐器，可不知道他会干出什么事来呢！"

"可恶！我要报警，真是受不了了！"

男人迷茫地望着室外的苍茫夜幕，仿佛在喃喃自语。可是他浑身的力气早已经卸了。

"实在抱歉,请二位进来慢叙吧。"

说罢,我便踏进门内的台阶,蹲下身。

"我说不定能为二位解决这件事,请二位进来吧,请!家里不太整洁,请多包涵。"

两位客人互相对视了一眼,微微点头表示同意,然后男人便换了态度道:

"不论怎么说,我们两人心意已决。但是,也不妨把整件事的来龙去脉和夫人您讲讲。"

"好的,请进吧,慢慢讲。"

"不,这种事,我们也不会讲得多慢。"

男人说罢便准备脱下外套。

"您不用脱外套,我们家很冷。真的不要脱外套。我们家没有任何取暖的。"

"那我就不客气了。"

"请,夫人也请穿着外套进来吧。"

于是男人在前，女人随后走进了丈夫那个六叠大小的房间。榻榻米已经朽烂、拉门也破败不堪，墙面开裂，隔扇上糊的纸已经脱落，露出里面的骨架。房间一角摆着桌子和书箱。但书架也是空空荡荡。两人看到眼前这房间里破败不堪的凄凉景象，都是一副噤声的模样。

我为二人摆上两个破了洞、漏了棉絮的坐垫。

"榻榻米太脏了，请二位坐在垫子上吧。"

紧接着我又再次问候道：

"初次和二位见面，看来我丈夫给二位添了不少麻烦，而且今晚他不知道发了什么疯，竟然做出那般恐怖的举动，请允许我代他向二位道歉。毕竟，他这个人性格真的太古怪了。"

说到一半，我哽咽起来，眼泪不禁滚下。

"夫人，冒昧问一句，您今年多大年纪了？"

那个男人十分随意地坐在破坐垫上，大剌剌盘着腿。他胳膊肘撑着膝盖，用拳头支着下巴颏，上半身向前探出来，询问我。

"那个，您问我吗？"

"嗯，您先生应该是有三十岁了吧？"

"啊，我，我比他小四岁。"

"那就是，二十六岁？哎呀，这可真是太令人吃惊了。您才只有二十六岁吗？哎，也对。如果丈夫三十岁，夫人是这个年纪也算正常了。这可真是吓了我一跳。"

"我从刚才起也觉得……"那个女人从男人后背的阴影处探出脸来说：

"真是佩服您呢。大谷先生有您这样一位好太太，为什么要做那种事啊，对吧。"

"是病，是病呀。过去他其实没有这么过分的。但是一天天地恶化……"

男人说到这儿，重重叹了口气，转而郑重讲道：

"其实呢，夫人。我们两口子在中野站附近经营一家小餐馆。我们俩都是上州人，之前一直做些正经买卖。但，可能是生性不拘吧，我实在是受不了和乡下的小气农民做买卖了，于是就在二十年前，带着我这媳妇一起来了东京。我们俩一开始寄宿在浅草的某家餐馆，给人家当仆人。也算和大部分人一样，吃过各种苦头。后来有了点积蓄，我们就在中野站附近租了一家六叠一间、附带一块素土面区域的小房子，开了家餐馆。那大概是昭和十一年的事了。地方又小又破，来的客人一次又只肯花费个一两块日币，我们这店开得也是战战兢兢。不过所幸我们夫妇一直很节省，整日辛勤工作，因此也搞到了不少的烧酒或者杜松子酒，后来赶上酒水供应不足的时代，我们也不必和其他餐馆一样落得被迫改行的下场，还能勉强做着这一摊买卖。而且，这么一来，一些常客还特意跑来照顾我们生意。还有人帮我们疏通关系，弄来一些军官爱吃的下酒菜。到了和英美打仗的时候，空袭越发猛烈起来。但我们俩膝下并无子女挂心，也不准备逃回乡下避难。我们就想着，反正只要这房子没烧毁，我们就在这儿一直干下去。最后，总算熬到战争结束，松了一大口气。于是我们也就开始伸展拳脚，做起了酒水的地下交易。我简单说吧，迄今为止的经历大概是这样。不过这样简单省略，您可能会觉得我们好像没遇到过什么难处，似乎还始终很受命运眷顾吧？可是，人这一辈子就是活在地狱里呀，所谓寸善尺魔①,说得真是太对了。一寸的幸福总要伴随着一尺的恶事。一年三百六十五天,人要是能有一天,不,半天的无忧无虑,那已称得上十分幸福了。您的丈夫第一次来我们店里,是昭和十九年的春天。那个时候呢,和英美的战争看上去似乎还不会打败,不,可能也已经快要败了吧?但是我们对实际情况,或者说……对真相还一无所知。当时还想着,再努力个两三年,说不定就能和英美平起平坐、重修旧好了。大谷先生第一次来我们店里的时候,穿着久留米碎纹布的便装和披肩外套。不过那时候他这样的装束并不稀罕。当时的东京,还很少有人穿着防护服在大街上走来走去,大部分人外出的时候还是穿着便装的。所以我们也并没觉得他的装束有什么邋遢不妥的地方。大谷先生当时不是独自来的,这话虽然在夫人您面前说不太合适……但是,我还是不做隐瞒,都和您交代了吧。当时是一个年纪较大的女人领着您先生悄悄从厨房后门溜进来的。其实啊,当时我们家的店每天也都是大门紧锁,按照那会儿比较时兴的说法,就是要闭店开业。当时只有一部分老顾客才会从厨房后门摸进来。他们也不会在店里的素土面地上喝酒,而

---

① 比喻世上好事少,坏事多。

是会去里面的房间里，把灯调暗，不作声地默默喝酒，然后酒醉而归。那个年长的女人呢，之前是在新宿的酒吧做女招待的。那个女招待会挑些品相不错的客人带来我们店里喝酒，这样他们也会逐渐成为我们家的常客。反正干我们这行的门道都是一样的。那个女招待住的公寓也就在附近，所以新宿的酒吧关门之后，她也就不干女招待了，时不时就会把认识的男客带到我们店里。后来，我们店里的酒也就越来越少了。其实，不管客人的人品多好，一旦喝酒的人变多了，也就不再像以前那般稀罕，反倒还让我们感到有些难缠。可是，她带来的客人又都是之前的四五年里一直大把撒钱的金主，所以为了人情，面对那女招待介绍来的客人，我们还是会一脸和气地端上酒水。所以看到您先生当时被那女招待——记得她好像叫阿秋吧，被阿秋领着从后门钻进来喝酒，我们丝毫不觉得奇怪。只是按老规矩，照例把他们请进里屋，端上了烧酒。大谷先生那天晚上喝得十分安静，钱也是阿秋付的，然后两个人一道从后厨那儿离开了。我一直觉得那晚很神奇，也实在忘不掉大谷先生那晚异常安静且高贵的言谈举止。或许魔鬼第一次在家宅中现身，就是那般悄无声息、稚拙青涩的吧。从那一晚起，我们夫妻开的这家店似乎就被大谷先生看中了。那之后又过了大概十天，这一次是大谷先生独自从后门走了进来。他还突然掏出一张一百块的纸币，哎呀，当时一百块的纸币可算是一大笔钱了。可比现在的两三千块还要金贵呢！他硬是把钱塞到我手里，说什么，拜托收下吧，然后还怯怯地笑了。他那模样看上去似乎已是喝了不少，不过，夫人您应该是知道的，像他那么能喝的人也难找出第二个了。本来以为他喝醉了，谁知他又突然一脸严肃，逻辑分明地讲起话来。而且他不论喝多少酒，脚下也从不趔趄，反正我们是从没见他趔趄过。人在三十岁左右的年纪可以说是血气方刚，酒量正盛。但是酒量大成那个样子的，实在少见啊。那天晚上也是的，他一看就是在别的地方喝过不少了。可是到了我家，又一口气连喝了十杯烧酒。而且全程基本闭口不言，不论我们夫妇怎么和他搭话，他都只是羞赧地笑着，含混地不停'嗯、嗯'地点头。后来，他突然问'现在几时了？'随即站起了身。我给他喝的酒找零，他连连说不用。我又坚持说'这可不行'，一定要给他找零。于是他微微一笑，说那就当是下次的酒钱吧，我还会再来的。说罢就离开了。可是，夫人呀，我们从他那儿拿到的钱，也就仅此一次。之前没有，之后更加没有了。从那以后整整三年，他分文未付，自己一个人就把我们家的酒喝得差不多了。您说，这是不是太过分了呀。"

听到这儿，我忍不住扑哧一声笑了出来。这种不明来由的滑稽感引得我想笑。我急忙捂住嘴，看了看那名女性，发现老板娘似乎也低着头在笑。看我们这样笑，店老板也无奈苦笑道：

"哎呀，这可真是……本来不是什么好笑的事，可是事情太荒唐了，也搞得人忍不住想笑了。其实，凭他的能力，本来是能在其他方面大展宏图的吧。做个大臣、博士，我看都不在话下啊。可不仅是我们两夫妻，其他被他盯上了之后被骗得一穷二白、在这寒夜哭泣的，也大有人在。就说那个阿秋，才刚认识大谷先生，就从一个不错的金主那儿逃了出来，结果钱也没了，衣服也没了，现在只能在小破杂院里过着要饭的生活。实际上，阿秋刚认识大谷先生的时候，可是把他捧上了天呢，动不动就要和我们吹嘘一番。首先，大谷先生的出身就了不得。据说是四国还是哪儿的贵族旁系——大谷男爵家的二儿子。现因品行不端所以被逐出家门。不过只要他父亲大谷男爵一咽气，他就能和自己的哥哥一起平分家产。据说大谷先生头脑相当聪慧，是个天才。二十一岁就能写书，还比那个大天才石川啄木写得更精彩。至今他已经写了十几本书了。虽然还年轻，但堪称日本第一诗人。而且，他还是个大学者，从学习院、一高，一直读到帝大，又懂德语又会法语，哎哟，简直呀，被阿秋说成是个神人了。不过呢，她貌似也并没有完全说谎。因为我问过其他人，大家也都说他是大谷男爵的二儿子，还是著名的诗人。如此一来，连我家老伴都产生了与她年龄不符的好胜心，开始和阿秋争风吃醋，一心盼着大谷先生来店里。还说什么：不愧是出身名门的贵族，就是和一般人不同。真是让人无话可说。如今的华族①倒是已经没人稀罕了。但是战争结束前，一些家伙还可以假冒华族那不争气的儿子，去勾引女人。说来也奇怪，女人就是容易被这套说辞引上钩。所以说呀，用现在的时髦词形容，这就叫奴隶本性吧？我这个人呢，也算是精于世故了。就凭区区一个华族的头衔……哎呀，在夫人面前这么讲似乎有些失礼。但是，就凭四国的某个贵族旁系的二儿子，这种身份，能和我们这些一般人有多大区别呢？面对这种身份的人，根本就不至于低三下四、卑躬屈膝吧？话是如此，但是我对这位先生也是很没辙啊。每一回我都告诉自己，这一次下定决心了！绝不能再给他酒喝！可是他总是一副被追赶着逃进来的落魄样

---

① 即贵族。

子，趁我不备从后厨溜进来。然后又摆出一副'总算安全了'的安心表情。一见他那副模样，我又不禁违背了自己下的决心，又把酒给他端了出来。其实，他就算喝醉了也不会大吵大闹。如果能老老实实喝完结账，那他真算得上是个好客人。而且，他从来不主动吹嘘自己的身世，也从来不会傻乎乎地自称是什么天才一类的。阿秋在他身边絮叨着他那些伟大成就的时候呢，他就只会岔开话题，说些什么'我需要钱，我想把这里的酒钱结清'一类的冷场话。那个人直到如今也没付过我们酒钱，倒是阿秋，时不时会代替他付些钱。除了阿秋，大谷先生还有另一个女人。不过这个女人的存在决不能让阿秋知道。她好像是某一家的夫人，有时候也会和大谷先生一起来店里，并且帮他多垫付些酒钱。我们嘛，毕竟是生意人啊。要是没有人垫付，那不管他是什么大谷先生还是什么皇亲贵胄，都不能没完没了地随他白喝。时不时地有人帮他垫付一下，根本就不够，我们已经损失很多了。听说大谷先生家住小金井，而且还有一位通情达理的太太，所以我们就决定直接登门拜访，聊聊他赊欠的酒钱。但是每次一打听他家具体住在哪儿时，他似乎立即察觉到了我们的用意，马上说：'没有就是没有，干吗那么急躁，吵一顿再闹掰了，多伤感情？'一类的恼人话。即便如此，我们还是想弄清楚他究竟住在哪儿，于是尾随了他两三次吧，但最终还是被他逃脱了。就在那段时间，东京连续遭受空袭，大谷先生竟时不时戴着战斗帽突然冲进我们店，擅自从抽屉里翻找出白兰地酒瓶，站着就咕咚咕咚灌起来，然后风也似的又溜走了，根本不付钱。好不容易战争结束，我们终于能再进些黑市的酒水菜品，店面也装了新门帘。再怎么穷困，也得努力挣扎啊，我们还雇了一个能讨客人喜欢的女侍从。结果，那个魔鬼一样的男人又出现了。这一次他没有带女人来，而是带了两三个报刊的记者一道进了店。聊着一些诸如'军人如今要没落了，往后就是贫穷诗人们出山的时代了'一类的话题。大谷先生对着那几个记者吐出一串串外国人的名字啊，英语啊，哲学啊，这一类听也听不懂的古怪词儿。说着说着他就站起来走了出去，竟再也没回来。那几个记者一脸失望地问：'他究竟跑哪儿去了啊，我们差不多也该走了。'说罢，他们就准备离开，我急忙喊住他们说：'那位先生常用那种手段逃酒钱，所以他的账得您几位付一下。'其中有几个人就老老实实凑钱付了账，但也有人愤愤不平地喊：'让大谷付！我们就只靠五百日元的薪水过日子呢！'可是就算他们发火也没用啊。我告诉他：'您知道大谷先生至今为止欠了我们店里多少钱吗？要是您几位能把这笔钱从他那儿要回来，我可以把其中一半的金额都分给你们。'听我这样讲，那几个记者一脸惊讶地说：'什么？原来大谷竟然是如此无耻的家伙？真是没想到。以后再也不和那家伙一起喝酒了。我们几个人今天晚上只能凑个不满一百日元，剩下的钱明天会拿来的。就先用这个押在这儿吧。'说着就气势十足地脱掉了外套。总听人们说记者大多行为恶劣，我看可要比大谷先生正直多了。要说大谷是什么男爵的二儿子，那这些记者至少算是能继承公爵家业的长子了。战争结束后，大谷先生的酒量又上了一个台阶，整个面相都变得阴鸷起来。以前他从未说过的那些极度下流猥琐的玩笑，现在真是张口就来。而且还会冷不防地开始痛殴一起喝酒的记者，要不就是突然扭打成一团。就连我们招来的那个年方二十岁的小女侍，也不知何时落入他的魔爪，知道这件事后我们真是实实在在吃了一惊。这可难办了，听说他俩已经生米煮成熟饭了，也只能忍下这口恶气。我们劝那女孩早点断了念想，然后又偷偷把她送回了老家。对于大谷先生，我们真的已经无话可说，我就只能央求他从此以后别再来了。结果他搬出了卑劣的威胁手段，说：'你们明明做着黑市的买卖，有什么资格充普通百姓讲话？我可什么都知道哦。'然后到了第二天，他仍一副若无其事的样子跑来我们店里。或许真的是因为我们夫妻两个在战争中做了黑市买卖，遭了报应，才会遇到这种宛如魔鬼一样的人吧？可是，今晚他做的过分事，也证明他早不是什么诗人啊、老师啊一类的人物了，甚至连窝囊废都不如，他就是个贼啊。他偷了我们俩的五千块，然后就逃跑了。我们两口子进货要花钱的，所以家里顶多也就只有五百一千块的现金而已。我这是说真的，因为赚来的钱马上就要东花一笔，西撒几分，全用到买货上了。今晚上家里之所以有五千块这么多的现金，是因为年关将至，我们去各个常客那儿辗转结账，好不容易才收上来这么一笔呀。要是今晚不马上用这笔钱再进一批货，明年不出正月我们的买卖可就做不下去了。这钱就是我们的命根子。我老婆在我们小酒店的里间把钱清点了之后，就收进了橱柜的抽屉里。结果，被那个在素土面椅子上独自喝酒的家伙给瞧见了，于是他突然就站起身，踏进里间，二话不说就将我老婆一把推开，拉出抽屉，伸手将里面的那捆五千块抓起来，胡乱塞进上衣外套。趁着我们太过震惊还未反应过来，他已经跑出里间，从店里溜走了。我大声喊他停下，还和老婆一起追了出去。我本来想干脆就直接喊着'抓小偷！'把街上来来往往的行人都聚到一起去帮忙把他绑起来，可是大谷先生毕竟和我也算认识，这么做未免太无情了。而且我也下定决心，今天晚上再怎么说也不会跟丢他了,我准备就跟到他家里,然后和他好好谈谈,把钱要回来,就算了结。哎,做这小生意本来又能赚几个钱啊。我和我老婆齐心协力,今晚总算是找到这儿来,强忍着心中怒气,好生劝他把钱还给我们,结果呢?他竟然拿出刀子来嚷着要捅我,天哪,这可真气得我……"

此时,那种不明来由的滑稽感再次涌上心头,我不由得放声大笑起来。老板娘也红着脸小声笑了起来。我笑得无法自持,虽觉有愧于那位老板,可又实在觉得荒唐可笑,于是笑着笑着,竟还笑出了眼泪。于是,我突然想到,丈夫诗中曾提到过"文明尽头的大笑",指的或许就是这种感受吧。

二

总而言之,这件事是没法用一顿大笑收场的。我想了想,当晚和那二人商量说,这件事后续就由我来处理,请他们不要急着去报警。再等我一天,那之后我会再去他们酒馆拜访。接着,我又详细询问了他们开在中野的那家店面的位置,当晚硬是请他们两个人先回去了。接着,我便坐在家中那个冰冷房间的正中间，孤零零地呆坐着思前想后。结果最终也没想到什么合适的办法，于是只得站起身脱了外套，钻进正熟睡的儿子的被窝。一边摸着孩子的头，一边熬着时间，心中默念：这天若是再也不亮就好了。

我父亲以前曾经在浅草公园的瓢箪池边摆过卖关东煮的小摊子。母亲早逝，父亲和我二人就住在破杂院里，小摊子也是我们父女两个人一起支撑。当时，我现在的这个丈夫不时会光顾我们那个小摊子，我也就瞒着父亲偷偷地在别处和他幽会，后来就怀上了孩子。好一阵手忙脚乱的折腾过后，最终总算是名义上成为他的妻子。当然，我们俩根本没有登记结婚，儿子也是个没爹的孩子。那个人一出家门就是三四天，不，甚至一个月都不回来。也不知道他都跑去了哪儿，做了什么，但每次都是烂醉如泥地回家，脸色白得吓人，痛苦地喘着粗气。有时候，他会沉默地望着我的脸，然后眼泪就大颗大颗滚落下来。还会突然钻进我的被窝，死死抱紧我说：

"啊啊，我不行了，我好怕，我好怕呀。真的，真的好怕！快救救我！"

他这样念着，身体抖如筛糠。就算睡着了，也会在梦里说着胡话，呻吟不已。到了第二天，他整个人就像丢了魂一样浑浑噩噩，随后就又不知跑去了哪里。然后又是个三四晚不回家。丈夫有那么两三位旧识在出版社工作，他们因为担心我和儿子的情况，所以有时会给家里补贴点钱。我们娘俩也就勉强活到今日，没有饿死。

迷迷糊糊地睡着之后，我猛然间醒过来，发现早上的阳光已经从遮雨棚的缝隙中照射进了房间。于是我起床收拾整理好，背着儿子出了家门，我实在是没法再默默坐在家中了。

可是，我也不知道该去哪儿。于是就向着车站走去，在站前的小摊上买了块糖，塞给孩子含着。随后，我突然心下一动，买了一张去吉祥寺的车票，乘上了车。我一手抓着车上的吊环，漫不经心地抬头去看从车顶垂下来的海报，发现丈夫的名字出现在了海报上。那是一张杂志的广告，丈夫貌似是在那本杂志上发表了一篇名为《弗朗索瓦·维庸》的长篇论文。我望着《弗朗索瓦·维庸》这个题目和丈夫的名字，竟无端地感到一阵难过，眼泪涌出来，连那张海报也变得模糊不清起来。

在吉祥寺下车后，时隔多年又去井之头公园散了散步。池畔的杉树已经被砍得精光，感觉这片地方接下来似乎是要动土建造些什么，还弥漫着一股异常的寒气，和过去的气质早已迥然不同。

我将儿子从背上放下来，两个人一起坐在池边一座破破烂烂的长椅上。我掏出从家里带出来的红薯给孩子吃。

"儿子，你看这池塘是不是很美？以前呀，这里还有很多很多的鲤鱼和金鱼，但是现在一条都没有了，真是扫兴呀。"

这孩子呢，不知道想到了什么，嘴巴里塞满了红薯，腮帮子鼓鼓地发出"咯咯"的奇怪笑声。虽说是自己的亲骨肉，但我总觉得这孩子是真的呆傻。

就这样坐在池边的长椅上消磨时间，也根本想不出什么对策来，于是我再次将儿子背到身上，晃晃荡荡地返回吉祥寺车站，在热闹的露天商店街附近走了一圈。然后，我又买了张去中野的车票，脑子空空荡荡毫无计划，可谓是如同被邪恶的渊薮徐徐吸走般，就那么坐上电车在中野站下了车。沿着昨天问到的地址，一路寻到了昨晚那两人开的小酒馆门口。

酒馆的正门并没开，我转到背后，从厨房的后门走了进去。老板人不在，只有老板娘独自一人，正在打扫店面。一和她打上照面，我就开始扯起谎来，其流利程度连我自己都感到意外至极。

"老板娘呀，欠您家的钱，我肯定能悉数奉还的。今晚，或者明天就能还上。我已经都安排好了。您不必担心。"

"哎呀？是吗，那真是劳您费心啦。"

她虽是这样表情欣喜地回答我，但是脸上却还残留着一丝不安。

"是真的啦，老板娘，肯定有人拿钱来还您的。在那之前，我就当个人质，一直留在您这儿。这样您就放心了吧？在钱到位之前，我就给您打打下手吧。"

我将儿子从背上放下来，把他独自留在里间玩耍。然后就开始忙前忙后地干起活儿来。儿子早就习惯了一个人玩耍，一点都没有哭闹。而且，可能还因为他脑子不太好吧，所以也一点都不羞涩认生，还对着老板娘笑。我替老板娘去取配给的物资时，他就自己待着，还把老板娘塞给他的美国罐头当玩具，又敲又推，自己在里间角落安生地玩耍着。

差不多中午时，老板进了些鱼肉蔬菜回到店里。我一见到老板，立即快言快语地把之前和老板娘说过的那番谎言又复述了一遍。

老板一脸懵懂地说：

"欸？可是夫人呀，钱这种东西，要是没握在手里，可就都不算数的呀。"

他说这话时，语气出乎意料地平静，带着些劝诫的味道。

"没事没事，我真的能确定。所以请相信我，今天再宽限一天，别闹到警察那里去啦。在此之前我都会在您店里帮忙的。"

"只要能还钱，那我也没什么好说的……"老板仿佛自言自语一般答道，"毕竟今年也就只剩下五六天了呀。"

"是呀，是呀。所以我呢……咦？来客人了？欢迎光临！"

我对着走进店的三个手艺人模样的客人笑脸相迎，随后又小声说："老板娘，不好意思，能借您家的围裙用用吗？"

"哎呀！你们雇了个大美人呀，了不得！"

其中一个客人嚷道。

"请您别打她的主意哦,"老板半开玩笑半当真地说,"人家这身子可是要花钱的。"

"就像什么百万美元的宝马?"

另一个客人开着低俗的玩笑。

"就算是宝马,生作母的也只能值个一半价钱了。"

我一边温着酒,一边不甘示弱地用同样低俗的说辞回敬他。

"您可不必这样谦虚了。接下来日本不论是马还是狗,一律讲究男女平等哦,"其中那个最年轻的客人扯着嗓子吼道,"大姐,我可对您一见钟情了!但是,您是不是都有孩子了呀?"

"没有啦。"此时老板娘抱着儿子从里间走出来,"这孩子是我们从亲戚那儿讨来的孩子。往后我们两口子可算是后继有人了呀。"

"还能赚钱。"

其中一个客人戏谑道。听到这句话,老板表情严肃起来:

"又招惹美色,又一屁股欠款。"他嘀咕道。随后又立即换了个口吻问客人,"您点菜吗?给您上个什锦火锅吧?"

这时，我突然明白了些什么。原来如此啊……我暗自点了点头，随后表现出一副毫不在意的样子，又为客人端起了酒。

那天正逢圣诞节前夕，大概也正是因为这个原因，来店的客人络绎不绝。我打从当天一大早起就粒米未进，但或许是内心郁积了太多心事吧，好几次老板娘问我要不要吃点东西，我都拒绝她说并不饿。我感觉自己就仿佛身缠羽衣翩翩起舞一般，轻盈地忙前忙后。或许这么说有些过于自恋，但是那天店里的气氛似乎异常活跃，还有两三个客人问我的名字，争着要和我握手呢。

可是，这又能怎样呢？我心里仍是一点头绪也无，就只会赔着笑，配合着客人开的那些下流玩笑，再应酬些更下流的……在客人间往来奔走着斟酒。真希望自己这么走着走着，就能像冰激凌一样融化掉呀。

不过，这世上有时的确会发生些奇迹。

大概是晚上九点过后，有个戴着圣诞节三角帽，还像怪盗鲁邦一样用黑色假面遮住上半截脸的男人走进了店。他还带了个三十四五岁、身形瘦削的漂亮太太同席。那男人背对着我们，在素土地面角落的一把椅子上落座。其实自打那人走进店，我就立即认出他是谁了。他就是我那做了贼的丈夫。

他们二人好像完全没有注意到我，我也装作不知情，和其他客人调笑。那边的夫人面对着丈夫坐下，招呼我道：

"大姐，您过来一下。"

"好嘞。"

我回应着，赶到他们二人桌边。

"欢迎光临，您要点酒吗？"

说到这里，丈夫隔着假面看到了我，果不其然，他十分震惊。我轻轻抚了一下他的肩膀：

"要说圣诞快乐，还是该说些别的什么？您看上去还能再喝一升酒呢。"

那位夫人并没有接我的茬，表情十分郑重地问道：

"这位大姐，不好意思，我们想和这儿的老板聊几句，请您去喊他过来一下好吗？"

于是，我跑去正在里间炸着食物的老板那里说：

"大谷来了，请您去见见他吧。不过，他还带了位女客，我的身份还请您不要说漏。可不能让大谷感到难为情呀。"

"他终于来了呀。"

老板虽然对我撒的那个谎心存疑虑，但似乎还是非常信任我的。所以他应该是觉得我丈夫之所以会来，也完全是遵循了我的请求吧。

"我的身份，请您不要提起。"

我再次强调。

"如果您这样要求，那我就听您的。"

老板爽快地答应下来，向素土面区域走过去。

他站在那儿略微环视了一周，然后径直向丈夫他们坐着的桌子那里走过去，又和那个漂亮的太太简单交流了两三句话，紧接着三个人一道走出了店。

我可以放心了。一切都解决了——不知为何，我当时对这一点深信不疑。于是我欣喜异常，冷不防地紧紧握住一个身穿藏青色碎纹布和服、看模样也才不到二十岁的酒客的手腕，对他说：

"喝吧，来，喝吧。今天可是圣诞节呀。"

三

只过了三十分钟，不，甚至更短，短到我有些吃惊的程度，店老板就独自一人回来了，他凑近我说道：

"夫人，谢谢您了，钱他已经还回来了。"

"是吗？那可太好了。全都还了吗？"

老板有些怪异地笑了笑回答：

"不，只还了昨天偷走的那部分。"

"那他迄今为止欠下的钱，有多少？请您手下多留情，大略给个数吧。"

"两万块吧。"

"就这些对吗?"

"我这已经是留情再留情了。"

"我来还您。老板,明天开始请您让我在这儿工作好吗?我在您家做工还债。"

"哎呀,夫人,您可真是当代阿轻①呀。"

随后,我们两人都齐声笑了起来。

那晚十点刚过,我离开了这家中野的小酒馆,背着儿子回到位于小金井的家中。丈夫果然没回来,但是我并不介意。明天我还会去那家店,说不定能在那儿遇见丈夫呢。为什么到如今我才发现如此一桩美事!一直到昨日,我都是那般愚钝,竟从未想到过这样的好办法。过去在浅草帮父亲照料小摊子时,我可绝不是什么不懂接客的傻瓜,所以从今往后,我也一定能在那家中野的小酒馆干得不错的。单说今晚,我可就赚到了将近五百块的小费呢。

照老板的说法,丈夫昨天在那场争执后,应该是去某个熟

---

① 《假名手本忠臣藏》中的人物,早野勘平之妻,为了丈夫卖身于祇园一力楼。

人家住了一晚。然后今天一早，他就跑去那个漂亮太太经营的一家京桥的酒吧，开始喝起了威士忌。然后又嚷着要给那酒吧里工作的五个女招待"圣诞礼物"，撒出去好多钱。接下来呢，到了中午，又叫了一辆出租车，不知去了哪儿。过了没多久，他就拿回来一堆圣诞节戴的三角帽呀假面具，甚至还有花花绿绿的蛋糕和火鸡，又到处给人打电话，叫来一帮朋友，办起了盛大宴会。因为他平时总是一分钱都掏不出，所以酒吧的这位漂亮老板娘感觉有点不对头，询问之下，丈夫竟也心平气和地把前一晚发生的事一五一十地坦白了。那个老板娘过去就和大谷的关系不一般，她觉得这种事情闹到警察那儿真的也不太好，所以真诚劝他赶快把钱还了。还让丈夫领路来了中野这边的酒馆，说可以先自己掏钱帮他还。中野的店老板对我说：

"大概就是这么一回事啦。但是夫人，亏您当时想到了这个路子呀，您是不是去拜托了大谷先生的朋友啦？"

听他话里的意思，他似乎觉得我是因为早已胸有成竹，所以当时才提前跑来这家店做"人质"的，于是我笑着，轻描淡写地说：

"嗯，当然啦。"

第二天，我的生活发生了翻天覆地的变化，真是快乐极了。我去理发店做了发型，还备了些化妆品，又把身上的和服缝补修改好，还从老板娘那儿拿了两双簇新的白足袋。那种始终萦绕在胸中的憋闷就此烟消云散了。

早上一起来，我和儿子一道吃了点早饭，然后做好盒饭，背着儿子去中野上班。店里还给我起了个名字，叫椿屋阿佐。除夕还有正月期间，都是店里最忙碌的时节。我阿佐呀，每天都忙得团团转，每过两天丈夫也会来店里喝酒。酒钱由我来付。然后不知不觉间丈夫又没了踪影，待到深夜时分，他又跑来店里探头探脑，小心翼翼地问：

"回家吗？"

听他这么说，我便点点头收拾东西，然后同他一起高高兴兴地回家去了。这种情况也是常有的。

"为什么我没从一开始就这样做呢？我现在真的太幸福了。"

"女人哪有什么幸福和不幸可言。"

"是吗？听您这么说，好像也的确如此。那男人呢？也一样吗？"

"男人就只有不幸。他们永远在同恐怖做斗争。"

"这我还真是不懂了。不过，我是真心希望眼下的生活能永远继续下去呀。椿屋的老板和老板娘也都是好人呢。"

"他们就是蠢货，是乡下人。别看他们那副模样，算盘可打得响着呢！他们劝我喝酒，到头来，算计的是从我身上捞钱。"

"但做买卖就是这样呀，这不是理所当然的嘛。但是，或许也不止这些？你和老板娘有些什么，对吧？"

"那是以前的事了。老板他怎么说？他注意到了？"

"他应该早就知道了。所以还曾叹着气说你'又招惹美色，又一屁股欠款'呢。"

"我这个人啊，看上去一副装腔作势的模样，可其实很想去死，这欲念令我苦不堪言。从出生，我就无时无刻不想着死亡。为了所有人，我也应该一死百了。这是显而易见的呀。可是呢，我却总是死不了，就仿佛一个怪异而又恐怖的神明在阻拦我一般。"

"那是因为您还有工作要做。"

"工作，这东西算得了什么呢？世界上根本不存在杰作和劣作。只要人家说好，那就是好。人家说不好，那就是不好。就和呼气、吸气一样。可怕就可怕在，这世界上是真的存在神灵的呀。你说对吧？"

"欸？"

"这世上存在神灵，对吧？"

"我可不知道呢。"

"哦，是吗？"

我在椿屋酒馆干了十天二十天后，注意到一个事实：来这里喝酒的客人，统统都是些罪犯。我丈夫这种程度的，还算差得远了。而且，不单单是店里的客人，就连走在路上的那些人，也个个都暗中隐藏着罪恶。有个穿着体面，年纪五十岁左右的太太，跑来椿屋的后厨门口卖酒。一口价，一升三百块。这在当下的市面上算是很便宜的价格。于是老板娘立即买了一些，结果那酒里竟然掺了水。就连那样一个容姿高雅的太太，竟然也在这种事上动歪心思，眼下这世道，谁敢说自己内心没有抱着一丝险恶与阴暗地活下去呢？那么，像玩儿桥牌时那样，如果摸到的全是烂牌，就能瞬间翻身变为一副好牌——这种事难道就不会发生在这时代的道德准则中吗？

要是真有神明，就请出来吧！我在正月即将结束的某天，被这店里的客人玷污了。

那一晚下了雨，丈夫没有来店。倒是那位出版社的矢岛先生，就是和丈夫是老相识，以前偶尔还给过我生活费的人，带着另一位和自己年龄相仿的同行出现在了店里。他们一边喝酒，一边大声讨论，半开玩笑地聊着大谷的老婆在这种地方工作，究竟合适不合适。于是我便笑着问：

"那位大谷夫人现在在哪儿呀？"

矢岛先生回答道：

"我怎么知道她在哪儿呢？不过我倒是知道，她至少要比椿屋阿佐更有气质，也更漂亮。"

"那可真让人嫉妒哟。我也想和他共枕呀，哪怕一夜也好。我就爱那样狡猾的男人呢。"

"看见了吧？"

矢岛对着另一个同来喝酒的人撇了撇嘴。

那一阵子，和丈夫一起来店里喝酒的人都知道，我就是诗人大谷的妻子。而且其中还有一些喜好捉弄人的家伙，会特意跑来揶揄调戏我。店里热闹起来，老板也很是高兴。所以这倒也不是件绝对讨人厌的事吧。

那晚，矢岛他们又商谈了很久关于纸张的黑市交易一类的话题，待到他们回去时，已经是十点多了。我见天上还下着雨，估计丈夫今天不会来了。所以虽然店里还剩一位客人没走，但是我已经开始收起东西准备回去了。我将睡在里间角落的儿子抱起来，背在身上。小声对老板娘道：

"实在抱歉，又要借用一下店里的伞了。"

这时，另一个声音答道：

"我也有伞。我送您回去吧。"

那是唯一留在店里的客人，二十五六岁的年纪，身体瘦小，模样像个工人。他一脸严肃地站起身。这个客人我今晚还是头一次见。

"劳烦您了，但我比较习惯自己走回家。"

"不，我知道您住得离这儿远。我也住在小金井附近，所以就让我送您回去吧。老板娘，结账。"

他在店里只喝了三杯酒，按理说不该喝得那么醉。

我们一起乘电车，又在小金井下了车。两个人肩并肩在大雨之中合撑着一把伞。那人前半程一直默不作声，随后逐渐打开了话匣子：

"我其实认识您。我一直是那位大谷诗人的诗迷。其实呀，我自己也写诗，还想把自己的作品拿给大谷老师看看呢。但是，我总是有点怕他。"

到家了。

"谢谢您送我回家，那我们有机会店里再见吧。"

"嗯。晚安了。"

随后，那年轻人就在雨中离开了。

到了深夜，我听到嘎啦嘎啦推玄关门的声音。以为又是喝得烂醉的丈夫回来了，于是我一言不发，就那么躺着。

"打扰了，大谷夫人！打扰了！"

我听到一个男人的声音这样喊道。

我爬起身打开灯，走到玄关推开了大门，发现又是刚才那年轻人。他看上去连站着都费劲儿，整个身子晃晃荡荡的：

"夫人，打扰了。我回去路上又在小摊子那儿喝了不少，但其实……我家住在立川，刚才去车站，发现电车早已经没了。夫人，求您了，收留我一夜吧。我不需要被褥，您就让我在玄关的台阶上睡一晚就好。挨到明早首班的电车我就走。其实若不是下雨，我今晚也能随便找一家屋檐下过夜了。但是这雨太大，实在没辙，求求您了。"

"我丈夫今晚不在家，如果您能睡在玄关的话，就请便吧。"

我说罢就拿了两个破坐垫，放到了玄关的台阶附近。

"实在抱歉，哎呀，我真是醉得太厉害了。"

他痛苦地低声说，随后立即躺倒在了玄关。等我回到房间钻进被窝时，已经听到他如雷一般的鼾声了。

然后，翌日天刚蒙蒙亮，我就十分草率地被这个人侵犯了。

那天我仍旧表现如常。同前一日一样，背着儿子去店里上班。到了店里，见丈夫将盛着酒的酒杯放在桌上，独自读着报纸。酒杯在阳光的照射下显得十分美丽。

"怎么都没人啊？"

丈夫回头看着我问。

"嗯。老板去进货了，还没回来。老板娘这会儿应该在厨房呀，不在吗？……你昨晚没来？"

"来了呀，最近看不到椿屋阿佐的脸我都睡不着呢。十点来钟的时候我到店里看了一眼，说你已经回去了。"

"然后呢？"

"然后我就留在店里过夜了呀，雨下得实在太大了。"

"我以后也一直住在店里算了。"

"我觉得也可以。"

"那就这么办吧，一直租着小金井那边的房子，也没什么意义。"

听我说罢，丈夫沉默着又转而将视线投回到报纸上。

"啊哟，报上又登我的坏话。说我是什么享乐主义假贵族。这家伙，真是找不到点子上！就说我是惧怕神明的享乐主义者，不就行了？阿佐，你看看这里——这里还说我是'人面兽心呢'。这可不对呀！事到如今我可以告诉你，去年年底我从这家店里拿了五千块钱，那可是为了让阿佐和儿子好好地过一个难得的新年呢。就是因为我不是什么人面兽心，所以才做得出那种事来呀。"

我听了这话，并没有感到高兴。

"人面兽心又怎样呢，我们只要能活下去就好了呀。"

太宰治・御伽草纸

だざい おさむ　おとぎぞうし

时间宝贵，我们只读好书。

和风译丛·太宰治系列推荐

本书收录太宰治最具代表性的小说《人间失格》《斜阳》以及文学随笔《如是我闻》。

《人间失格》是太宰治最后一部完结之作，日本"私小说"的金字塔。以告白的形式，挖掘人性深处的懦弱，探讨为人的资格，直指灵魂，令人无法逃避。

《斜阳》写的是日本战后没落贵族的痛苦与救赎，"斜阳族"成为没落之人的代名词，太宰治的纪念馆也被命名为"斜阳馆"。

《如是我闻》是太宰治针对文坛上其他作家对其批判做出的回应，其中既有对当时文坛上一些"老大家"的批判，也有为其自身的辩白，更申明了自己对于写作的看法和姿态，亦可看作太宰治的"独立宣言"，发表时震惊文坛。

《惜别》是太宰治以在仙台医专求学时的鲁迅为原型创作的小说。创作这部作品之前，太宰治亲自前往仙台医专考察，花了很长时间搜集材料，考量小说的架构，用太宰治的话说，他"只想以一种洁净、独立、友善的态度，来正确地描摹那位年轻的周树人先生"；因而，在书中，读者可以看到鲁迅成为鲁迅之前的生活、学习经历及思想变化，书中的周树人，亦因太宰治将自己的情感代入其中，而成为"太宰治式的鲁迅"形象。

本书同时收录《〈惜别〉之意图》《眉山》《雪夜故事》《樱桃》《香鱼千金》等5部中短篇小说。

只读

时间宝贵,我们只读好书。

和风译丛·太宰治系列推荐

本书收录了《秋风记》《新树的话语》《花烛》《关于爱与美》《火鸟》等六部当时未曾发表的小说。这部小说集是太宰治与石原美知子结婚后出版的首部作品集,作品集中表现了太宰治对人间至爱至美的渴望,以及对生命的极度热爱。像火鸟涅槃前的深情回眸,是太宰治于绝望深渊之中的奋力一跃。

本书收入《小丑之花》《狂言之神》《虚构之春》三部长篇小说,构成《虚构的彷徨》。并附《晚年》中的三部短篇《回忆》《叶》《玩具》。《小丑之花》发表于1935年5月的《日本浪漫派》。翌年,《狂言之神》经佐藤春夫先生的推荐,发表于美术杂志《东阳》的十月号,《虚构之春》经河上彻太郎先生的推荐,发表于《文学界》的七月号。此三篇,依花、神、春的顺序,构成了长篇三部曲《虚构的彷徨》。

时间宝贵,我们只读好书。

和风译丛·太宰治系列推荐

本书主要选取太宰治生前出版的作品集《晚年》中的经典作品结集而成,收入《鱼服记》《列车》《地球图》《猿之岛》《麻雀游戏》《猿面冠者》《逆行》《他非昔日他》《传奇》《阴火》《盲草纸》等11部中短篇小说。

本书收入太宰治的《富岳百景》《女生徒》《二十世纪旗手》《姥舍》《灯笼》等9部中短篇小说及随笔。

《富岳百景》写法别致,为多数日本高中语文教科书所选用。它以富士山为中心,多种角度地描写了富士风景,每种风景都寄托了太宰治的情感。

《二十世纪旗手》的副标题"生而为人,我很抱歉"已成为广为流传的一句名言。

时间宝贵，我们只读好书。

和风译丛·太宰治系列推荐

本书收入太宰治的《盲人独笑》《蟋蟀》《清贫谭》《东京八景》《风之信》等9部中短篇小说及随笔。

《东京八景》是太宰治的青春诀别辞。《盲人独笑》则通过一个盲乐师的日记，写出了他面对苦难人生的乐观。《蟋蟀》则通过一个艺术家妻子的口吻，申告了太宰治自己对艺术、成功与富有的独特看法。

本书收入太宰治的《黄金风景》《雌性谈》《八十八夜》《美少女》《叶樱与魔笛》等13篇小说及随笔。

《黄金风景》通过女佣阿庆对纨绔少爷始终如一的体谅与宽慰，写出了太宰治对女性之美的崇敬。《懒惰的歌留多》通过对懒惰之恶的深切反思，写出了振聋发聩的"不工作者，就没权利，自然会丧失为人的资格"。

和风译丛·太宰治系列推荐

本书创作于第二次世界大战期间。在战争硝烟的笼罩下，作者一家人不得已进入狭小的防空洞中躲避空袭。父亲为了安抚躁动不安的小女儿，将日本传说进行改编并讲给女儿听，于是便有了《御伽草纸》这本传世经典。

"人生总是在上演着这样的故事，这就是所谓的人性悲喜剧。"太宰治根据《去瘤》《浦岛太郎》《古切雀》等耳熟能详的日本传说故事进行改编，表现出对人性和现实命运的反思，但在风格上却一改往日的沉郁颓废，转为轻松平和，《御伽草纸》是太宰治笔下少有的温情之作。

此外，本书中还收录《竹青》与《维庸之妻》。

根据日本现实主义之父井原西鹤的作品改编，同时注入太宰治的人生哲学，这是两位日本文学家的一次跨时空"合作"。太宰治借西鹤之口揭露现实，剖析人性，在战火下仍然笔耕不辍，为的是在乱世中仍然能使文学精神得到传承。

本书作品多描述市民生活中的奇闻异事，从小人物着笔，折射出日本社会的喜怒哀乐，趣味十足而又发人深省。是选择追名逐利还是坚守本心？这是作者留下的问题。至于问题的答案，则需要读者在人生之中探寻。

时间宝贵，我们只读好书。

和风译丛·太宰治系列推荐

津轻是太宰治的故乡，他短暂人生中的前二十年都在这里度过。可以说，是津轻成就了如今的太宰治；而当太宰治重游故园时，他也找回了久违的温暖。本书不仅是一部描写津轻风土人情的优秀作品，而且具有极高的文学价值。阅读此书，或许可以让我们通过太宰治的成长之路，得到前所未有的精神力量。

《春天的盗贼》收录了《春天的盗贼》《俗天使》《新哈姆莱特》《女人的决斗》《女人训诫》等太宰治的小众作品，题材丰富，表现形式多样，每一篇作品都展现出了太宰治出众的洞察力和文学才能，同时也让我们在阅读中窥见太宰治内心的挣扎和对美与善的一丝希望。

时间宝贵，我们只读好书。

和风译丛·太宰治系列推荐

战争时期，太宰治将笔触转向历史传奇，并创造出乱世中的一方净土。本书收录了太宰治为人称颂的翻案杰作《右大臣实朝》《追思善藏》等，是研究太宰治文学风格和艺术水平的重要参考。太宰治用其对情节独特的处理手法，为传统作品注入了新的价值。在明暗意向的交织下，展开了一幅描绘人性的画卷。

不论身处何等黑暗之境，内心深处一定会有不灭的希望，太宰治即是如此。总是给人留下颓废、消极印象的太宰治，心中也有柔软的一面。他在逆境之中寻求生命的意义，并鼓励读者勇敢地追寻梦想，保持善良和美好的人性，满怀信心地迎接每一天。《归去来》中收录太宰治数篇真心之作，是太宰治彼时心境的真实写照，也是他留给后人的宝贵精神财富。

时间宝贵，我们只读好书。

和风译丛·太宰治系列推荐

《古典风》收录了太宰治的日常随笔、短篇小说、散记等。题材丰富，形式多样，展现出太宰治在文学领域的多种探索，并在其中融入了太宰治自身对于人生的感悟。这些作品的问世打破了大众对太宰治"忧郁、堕落"的刻板印象，逐渐认识到他作为一个普通人所具有的丰富情感。想要了解真实的太宰治吗？那你一定不能错过这本《古典风》。

"我一定会战胜这个世界的！"这是主人公芹川的宣言，少年总要经历挫折和磨难才能成长，而他们身上最宝贵的便是勇气与希望。芹川的故事正是每一位青少年的真实写照，即使遭遇挫折、经历失意，也不会停下勇往直前的脚步，这才是青春的意义。

《正义与微笑》语言细腻，风格明快，真实地再现了一个正值青春的少年在面临人生选择时的心理变化。一反往日作品的"颓废、压抑"之风，展现出太宰治积极向上的一面。

只读

时间宝贵,我们只读好书。

—和风译丛—

001 太宰治《人间失格》(平装)
002 太宰治《惜别》(平装)
003 织田作之助《夫妇善哉》(平装)
004 宫泽贤治《银河铁道之夜》(平装)
005 坂口安吾《都会中的孤岛》(平装)
006 上村松园《青眉抄》
007 太宰治《关于爱与美》
008 谷崎润一郎《黑白》
009 梶井基次郎《柠檬》
010 幸田露伴《五重塔》
011 宫泽贤治《银河铁道之夜》(精装)
012 太宰治《人间失格》(精装)
013 太宰治《惜别》(精装)
014 芥川龙之介《罗生门》
015 泉镜花《汤岛之恋》
016 夏目漱石《我是猫》
017 樋口一叶《十三夜》
018 尾崎红叶《金色夜叉》
019 坂口安吾《都会中的孤岛》(精装)
020 樋口一叶《青梅竹马》
021 织田作之助《夫妇善哉》(精装)
022 太宰治《虚构的彷徨》
023 太宰治《他非昔日他》
024 小泉八云《怪谈:灵之日本》
025 小泉八云《影》
026 谷崎润一郎《盲目物语》
027 谷崎润一郎《细雪》
028 太宰治《富岳百景》
029 太宰治《东京八景》
030 太宰治《黄金风景》
031 横光利一《春天乘着马车来》
032 谷崎润一郎《少将滋干之母》
033 谷崎润一郎《猫与庄造与两个女人》
034 永井荷风《梅雨前后》
035 樋口一叶《五月雨》
036 永井荷风《地狱之花》

只读

时间宝贵，我们只读好书。

037 永井荷风《晴日木屐》
038 芥川龙之介《英雄之器》
039 谷崎润一郎《秘密》
040 芥川龙之介《素盏鸣尊》
041 式亭三马《浮世澡堂》
042 三岛由纪夫《春雪》
043 三岛由纪夫《天人五衰》
044 三岛由纪夫《潮骚》
045 三岛由纪夫《假面的告白》
046 三岛由纪夫《金阁寺》
047 芥川龙之介《丝女纪事》
048 太宰治《和风绘·女生徒(插图纪念版)》
049 太宰治《和风绘·舌切雀(插图纪念版)》
050 芥川龙之介《和风绘·地狱变(插图纪念版)》
051 小泉八云《和风绘·怪谈(插图纪念版)》
052 吉田兼好《徒然草(中日对照版)》
053 川端康成《雪国》
054 川端康成《伊豆的舞女》
055 川端康成《古都》
056 川端康成《千只鹤》
057 川端康成《花未眠》
058 川端康成《东京人》
059 太宰治《御伽草纸》
060 太宰治《诸国奇闻新解》
061 太宰治《津轻》
062 太宰治《春天的盗贼》
063 太宰治《无人知晓》
064 太宰治《归去来》
065 太宰治《古典风》
066 太宰治《正义与微笑》